NOS DRÔLES DE JEUX

BLACKWELL-LYON SÉCURITÉ

Nos adorables mensonges
Nos drôles de jeux
Nos belles erreurs

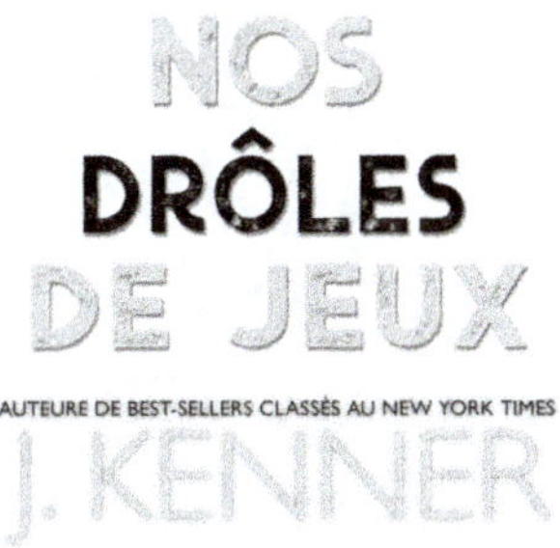

Traduit de l'anglais par Laure Valentin.

Nos Drôles de Jeux

de J. Kenner
Traduit de l'anglais (États-Unis) par Laure Valentin

Pour en savoir plus:
www.jkenner.com
www.instagram.com/juliekenner
www.facebook.com/jkennerbooks

Rejoignez J. Kenner sur son Groupe de fans
Facebook
pour des échanges avec JK, des contenus exclusifs et
plus encore: https://www.facebook.com/
groups/jkenner/

Les jeux dans la chambre à coucher, c'est bien joli… mais j'ai besoin d'une femme qui ne jouera pas avec mon cœur.

Après des années dans l'armée, j'ai affronté beaucoup d'épreuves et il en faut beaucoup pour m'intimider. Sauf en ce qui concerne le sexe opposé. Surprendre votre femme au lit avec un autre homme, c'est le genre de choses qui a tendance à aigrir contre la gent féminine même le plus endurci.

Quand on m'a engagé pour la surveillance d'une cliente au passé trouble, je me suis préparé au pire. Mais ce que j'ai découvert, c'est une femme qui m'a fait tourner la tête, qui a fait bouillir mon sang et qui a embrasé mon corps. Une femme qui m'a donné l'impression de revivre.

Une femme qui ne correspondait pas à ce que j'imaginais, mais qui avait tout ce que je désirais. Une femme qui, pourtant, avait besoin de ma protection... et qui recherchait mes caresses.

Alors que le monde s'effondre autour de nous, que tout ce que je pensais savoir vole en éclats, il n'y a qu'une seule réalité à laquelle je peux me raccrocher : plus j'apprends à la connaître, plus je la désire.

Pour la faire mienne, je dois non seulement la protéger, mais je vais devoir lui prouver que j'ai surmonté mes craintes et mes doutes, que je ne veux plus regarder vers le passé et que la seule chose que je veux, c'est un avenir – avec elle.

Nos Drôles de Jeux - Original publié en anglais en 2018 sous le titre *Pretty Little Player*.

- Traduction française publiée par Martini & Olive, LLC
- Traduit de l'anglais (États-Unis) par Laure Valentin.
- Relecture effectuée par Estelle de La plume de Camélia.
- Conception graphique de la couverture par Michele Catalano, Catalano Creative
- Image de la couverture par Annie Ray/Passion Pages

Première édition française November 2019
Nos Drôles de Jeux copyright © 2018, 2019 par Julie Kenner
Print ISBN: 978-1-949925-50-0
Digital ISBN: 978-1-949925-49-4

v. 2019-12-15P

CHAPITRE UN

CERTAINS MOMENTS dans la vie d'un homme peuvent être considérés parmi les meilleurs. Son premier baiser. Sa première baise. Sa première dégustation de caviar et de champagne.

Et la première fois qu'il rencontre la femme de ses rêves.

Quand il la voit dans une pièce, ses yeux étincellent. Quand il la tient dans ses bras sur la piste de danse, lorsque son pouce effleure la peau nue de son dos que révèle sa robe échancrée. Quand il s'abandonne en elle la première fois qu'ils font l'amour.

Quand elle dit : « Oui, je le veux. »

Ce devrait être le plus beau, n'est-ce pas ? L'apogée de la vie. La cerise sur le gâteau.

Si l'histoire s'arrête ici, alors tout est bien qui finit bien. C'est à ce moment-là que les films se terminent par un fondu sur le générique, non ? Toutes ces publicités mièvres pour les bagues de fiançailles ? Les pubs pour les services de livraison de fleurs ? Chaque roman à l'eau de rose ?

Tout se termine sur un point d'orgue.

Mais quand on tourne la page, devinez quoi ? Le type qui a gagné la main de la fille ? Il ne chante plus sa chanson d'amour. Au contraire, il est complètement baisé. Au sens figuré, bien sûr.

Parce que dans le monde réel, ce n'est plus lui qui se tape sa femme, mais un bel étudiant prétentieux. Et le type qui porte l'alliance – le type qui sue sang et eau en treillis dans le désert pour que sa femme puisse dormir sur ses deux oreilles –, ce type n'est rien qu'un crétin de cocu.

Trop amer ?

Peut-être. Je ne sais pas. Y a-t-il une limite à la douleur quand on a le cœur brisé ?

Tout ce que je sais, c'est que je ne suis pas le seul. Et la vérité, c'est que le malheur n'aime vraiment pas la compagnie.

Mais ces plaisirs que j'ai mentionnés ? Les meilleurs moments de la vie d'un homme ? L'un d'entre eux, c'est lorsqu'il surprend en pleine action la femme qui le trompe et qu'il la chasse aussitôt de sa vie. J'aurais dû m'en douter. Dans mon métier, j'ai souvent aidé des hommes avec le même problème que moi. Et je suis doué dans ce que je fais.

Disons simplement que je suis très motivé.

Après tout, c'est le karma.

CHAPITRE DEUX

INTERNET EST FORMIDABLE.

À peine quatre heures après le début de mon enquête – une fiancée volage –, j'ai déjà rassemblé des informations intéressantes sur la petite garce au double jeu.

Pardon, la présumée femme adultère.

Je sais qu'elle s'appelle Gracie Harmon, même si pour être honnête, c'est mon client qui m'a appris ce détail. Elle a vingt-neuf ans et elle possède une petite maison à Travis Heights, mais depuis quelques jours, elle séjourne au Driskill Hotel, établissement historique et ultra-chic sur Congress Avenue. C'est pratique, étant donné que mon bureau se trouve de l'autre côté de la rue, mais c'est surtout très bizarre. Après tout, sa maison n'est qu'à quelques kilomètres, et à ce que je sache, chez elle il n'y a pas de rénovations, de traitement antiparasite ni autres travaux d'entretien en cours.

Douteux ? Un peu. Bien sûr, cela ne veut pas dire qu'elle se soit ménagé un nid d'amour haut de gamme. Elle a peut-être seulement envie de se faire dorloter. Or je sais qu'elle n'a pris aucun rendez-vous avec la masseuse de l'hôtel, et le concierge n'a fait aucune réservation à son nom au spa attenant.

Voilà qui est mystérieux.

L'avantage, c'est que je connais les adresses de ses comptes Instagram, Facebook et Twitter. Si elle poste quelque chose au sujet de l'hôtel, cela me donnera une piste. Pourtant, elle ne semble pas poster grand-chose, et quand elle le fait, ce n'est jamais très personnel. C'est un peu bizarre dans ce monde de partage à tous crins où nous vivons, mais ce n'est pas une preuve accablante.

Je sais qu'elle gagne bien sa vie en tant que mannequin – d'après son profil Instagram, elle présente essentiellement de la lingerie et des maillots de bain grande taille – et je sais qu'elle est somptueuse, avec des cheveux blond doré, des yeux bleus hypnotiques et le genre de courbes que les hommes adorent. Évidemment, il s'agit moins d'un fait que d'une question de goût, mais étant donné son métier, je sais aussi que de nombreux hommes partagent mon opinion.

Peut-être est-ce pour cela qu'elle papillonne ? Tant d'hommes l'admirent déjà en petite tenue et la tentation est peut-être trop forte ?

À cette question, j'aurais tendance à répondre « essaie mieux que ça », mais d'après mon expérience, les femmes se donnent rarement cette peine. Et mon expérience, justement, consiste à produire des preuves d'adultère pour des maris souvent furieux – même si certains tombent des nues.

En temps normal, je me limite aux affaires de ce genre. Mais il arrive qu'un homme me charge d'enquêter sur sa petite amie avant de faire sa demande. Dans ces cas-là, je ne manque jamais de souligner le fait que leur présence dans mon bureau indique déjà un problème de confiance et que s'agenouiller pour offrir une bague n'est peut-être pas la meilleure idée en de telles circonstances.

La plupart du temps, ils suivent mon conseil. Mais de temps à autre, ils insistent pour que je fourre mon nez dans ce qui ne me regarde pas.

Aujourd'hui, je travaille pour l'un de ces clients insistants.

Il s'appelle Thomas Peterman et il est fou d'amour pour notre petite Gracie. Depuis des années, apparemment. Il m'a expliqué qu'ils sortaient déjà ensemble quand elle vivait à Los

Angeles, mais que leur histoire s'était terminée lorsqu'il avait découvert qu'elle avait couché avec un autre homme. Elle lui avait brisé le cœur à l'époque, mais récemment, ils s'étaient retrouvés à Austin et, depuis, tout n'est que ciel bleu, bouquets de roses et carillons de mariage.

Ou du moins, c'est ce qu'il espère.

Il est préoccupé, d'autant plus qu'elle l'a déjà quitté une fois auparavant. Maintenant, il craint qu'elle rencontre beaucoup d'hommes dans sa carrière professionnelle, et la nature de ces rencontres l'inquiète. Il l'a vue boire un verre en bonne compagnie dans un bar du quartier. Peut-être un ami, peut-être un apéritif innocent entre collègues, toujours est-il qu'il a eu un mauvais pressentiment. Étant donné leur histoire commune, il a songé qu'il valait mieux en avoir le cœur net.

Alors, M. Thomas Peterman a contacté Blackwell-Lyon Sécurité. Il a demandé à parler au professionnel le plus à même d'enquêter sur une affaire d'infidélité préconjugale, et notre secrétaire, Kerrie, lui a dit que Cayden Lyon était l'homme de la situation.

Ce qui nous ramène à Gracie. Après un entretien avec M. Peterman et la traditionnelle avance sur honoraires, je me retrouve dans le bar sombre à l'atmosphère particulière du Driskill Hotel d'Austin. Je sirote du bourbon sur une banquette en cuir en réfléchissant à l'énigmatique Gracie, assise au bar, qui bavarde avec le barman – avec qui elle semble plutôt proche – tout en consultant ses emails sur son téléphone.

Toutefois, il ne s'agit pas d'une mission de surveillance. Ou du moins, pas encore.

Lors de notre entrevue, j'ai expliqué à Peterman que dans ce genre de cas, quand le client est « absolument-certain-mais-sans-preuve-solide », le meilleur plan d'attaque est d'obtenir les preuves dont il a besoin. Quarante-huit heures de surveillance minimum. Des vidéos et des photos, des discussions avec les commerçants et autres civils dans la mesure où je ne trahis pas mon enquête, et un compte rendu détaillé de ses allées et venues. Si possible, j'analyse les historiques de téléphone et les relevés de cartes de crédit, même si c'est rarement possible juste avant le mariage, dans un laps de temps aussi limité. Parfois, c'est tout aussi difficile pour un couple déjà uni par le fameux lien sacré.

Vous voulez être cynique ? Commencez à fourrer votre nez dans la vie de couple des autres. Vous seriez étonné de voir à quel point les deux parties en question ne connaissent pas l'autre. Ma naïveté a volé en éclats il y a bien longtemps. Faites-moi confiance quand je vous dis que la plupart des illusions sur l'institution du mariage et le concept de fidélité disparaissent en fumée quand vous surprenez votre femme nue, les jambes en l'air et le visage d'un autre homme entre ses cuisses.

Mais je digresse.

Comme je l'ai expliqué lors du premier échange téléphonique, à la fin de la période de surveillance de quarante-huit heures, l'enquêteur, en l'occurrence moi, et le client, Peterman, se retrouveront pour passer en revue les informations recueillies.

D'après mon expérience, si le sujet est infidèle, on obtient des indices dès les premiers jours. Le client décide ensuite s'il souhaite une surveillance supplémentaire pour étayer son dossier devant un tribunal. Ou, dans le cas d'une situation préconjugale, pour se préparer à l'annulation inévitable du mariage.

En temps normal, l'histoire s'arrête là. Mais parfois, les résultats montrent que les soupçons du client ne sont pas fondés et que le sujet est digne de confiance. Le client est peut-être tout simplement parano. À moins que le sujet fasse quelque chose de suspicieux à première vue, mais de très innocent en réalité. Comme cette fois où la femme du client planifiait une gigantesque fête d'anniversaire pour leurs dix ans de mariage. (Au passage, j'ajoute qu'elle a demandé le divorce moins d'une semaine après avoir appris que son mari avait eu l'audace de remettre sa fidélité en question.)

Dans l'une de ces situations ambiguës, je suggère toujours au client de prendre une grande inspiration et de croire l'autre sur parole. Je le *suggère,* mais je ne le *recommande* pas forcément. Parce que, les anniversaires de mariage mis à part, mes expériences personnelle et professionnelle me prouvent qu'il n'y a pas de fumée sans feu. Et si vous pensez qu'elle va voir ailleurs, c'est probablement le cas. Elle joue un drôle de jeu dans un monde d'infidèles et de menteurs.

Dans cette situation, je conseille au client de passer au plan B.

Tout cela pour expliquer ce qui s'est passé aujourd'hui. Parce que j'ai passé en revue le déroulement du plan A avec Peterman. Je lui ai expliqué pourquoi la surveillance était cohérente. C'est une technique qui a fait ses preuves et il obtiendra des informations précieuses et utiles. Ce n'est qu'après cette évaluation initiale que nous pourrons passer à l'étape suivante.

Cependant, il tenait à commencer directement par le plan B.

Même si le client n'a pas toujours raison, c'est lui qui signe le chèque. Alors, va pour le plan B.

Voilà donc pourquoi je suis ici, au Driskill Bar, à

siroter du whisky en regardant une belle femme flirter avec le barman.

Je ne suis pas là pour me détendre devant un apéritif. Et je ne joue pas non plus les gardes du corps.

Non, je bois et j'observe, parce que j'élabore un plan. J'étudie le sujet et je prends mes marques.

Pour moi, le meilleur moyen de savoir si une femme est du genre infidèle, c'est de la voir en action. Si vous ne pouvez pas prendre quelques clichés de la coupable avec son patron ou son jardinier, alors la meilleure option reste de la séduire soi-même.

Tels sont, mes amis, mes projets pour la soirée.

CHAPITRE TROIS

GRACIE SE PENCHE EN AVANT, son coude sur le bar en bois verni, où le barman fait glisser vers elle un nouveau verre. Un cocktail couleur bordeaux dans un verre à martini, sans doute un Manhattan.

— Alors, j'avais raison ? demande-t-elle, le menton sur son poing, en attendant sa réponse.

Ses yeux d'un bleu océan sont brillants d'excitation et d'impatience. Je le sais, car j'ai quitté mon poste d'observation sur la banquette. Maintenant, je ne suis qu'à quelques tabourets de Gracie, sur sa gauche. Le bar est arrondi, en arc de cercle, ce qui me donne une vue imprenable sur son visage d'une beauté exceptionnelle.

— D'accord, je l'avoue, dit le barman. Vous aviez vu juste. Elle m'a dit que c'était le meilleur rencard de sa vie.

— Je suis tellement contente pour vous.

Le sourire de Gracie illumine la salle dans la lumière tamisée. Je la regarde en tambourinant du doigt sur le bar, revenant sur mon évaluation précédente. Apparemment, tout compte fait, Gracie ne se rapproche pas du barman. Ou du moins, pas de la manière que redoute M. Peterman. Mais cela ne signifie pas qu'elle n'est pas en chasse.

— Un autre ? me demande le barman – Jon, d'après son badge. Ou un menu ?

Il vient de me servir un nouveau verre et j'ai un menu à portée de main. Pendant un instant, je suis perplexe. Puis je me rends compte que je tape du doigt sur le bar et je m'interromps.

— Désolé. Je ne voulais pas vous faire signe.

Remarquant que Gracie me regarde d'un œil intrigué, je décide de retourner cette situation gênante à mon avantage. Mon regard rencontre celui de Gracie et j'esquisse un sourire énigmatique, creusant légèrement la fossette que Kerrie trouve si sexy chez mon frère jumeau, Connor. (Bien sûr, elle parle de la fossette de Connor, mais étant donné que nous sommes de vrais jumeaux, il me semble justifié de tirer profit de cette information.)

— Je pensais à tout autre chose, dis-je au barman sans me départir de mon sourire, les yeux toujours rivés sur Gracie.

L'ombre d'un sourire se dessine sur ses lèvres, mais elle s'empresse de détourner le regard. Ses joues rosissent et elle entortille une mèche de cheveux blonds autour de son doigt.

Bingo.

C'est bon.

À mon retour d'Afghanistan, avec mon œil gauche crevé, une vilaine balafre en souvenir de l'accident et un bandeau noir comme nouvel accessoire de mode, j'avoue que j'étais dans un piteux état. C'est Kerrie qui m'a botté les fesses pour m'obliger à affronter à nouveau la réalité.

Non seulement Kerrie est notre responsable administrative, mais c'est aussi la petite sœur de mon meilleur ami. Pendant une courte période, elle a couché avec mon frère, mais maintenant ils jurent qu'ils sont simplement amis et qu'il n'en sera plus jamais autrement.

C'est ça.

Je ne compte pas les pousser dans les bras l'un de l'autre si ce n'est pas ce qu'ils souhaitent, d'autant plus que leurs quatorze ans de différence d'âge dérangeaient Connor. Mais Kerrie est un modèle du sexe opposé que je suis heureux de mettre sur un piédestal. Elle a ses manies et ses excentricités – et elle est nulle comme dactylo –, mais je suis convaincu qu'elle n'aurait jamais, au grand jamais, fait à Connor un coup comme celui que m'a fait Vivien.

Et pour moi, c'est primordial.

Elle est aussi très perspicace. C'est Kerrie qui s'est rendu compte – à raison – que depuis mon retour du Moyen-Orient, j'avais plus de succès que mon frère, du moins en ce qui concerne l'attention de la gent féminine.

— C'est le bandeau, m'a annoncé Kerrie lors d'un apéritif, quelques semaines après mon retour. Connor et toi, vous êtes tellement canon que ce n'est vraiment pas juste pour les simples mortels comme mon frère...

— Merci beaucoup.

Pierce, qui n'a jamais eu de mal à mettre une femme dans son lit, a lancé sur sa petite sœur une olive imbibée de vodka.

— Suis-je la seule à me soucier des bonnes manières ? a-t-elle ronchonné en adressant un sourire désolé au barman amusé.

— Un instant, princesse, s'est écrié Connor. Tu allais dire des conneries monstrueuses. Comme si mon frère était plus canon que moi ? Impossible.

— C'est le bandeau, a-t-elle insisté en haussant les épaules. C'est tout. Ça lui donne un côté pirate. Déjà qu'il ressemble à une star de cinéma. Et ne faites pas semblant de ne pas comprendre ce que je veux dire, tous les deux. Vous êtes beaux gosses et vous le savez. Mais maintenant, Cayden a un truc en plus. Tu sais, le fantasme du pirate qui t'enlève et qui te malmène.

Connor l'a regardée en plissant les yeux.

— Tu es sérieuse ?

— Me faire enlever et malmener dans la vie réelle ? a-t-elle répondu en penchant la tête sur le côté. Pas vraiment. Mais le fantasme un peu brutal ? Disons qu'en pensant pirate, je pense Johnny Depp. Alors, oui, j'avoue que ça me plaît. Et le nouveau look de Cayden lui donne un sacré potentiel de fantasme. Désolée, Connor. Tu vas devoir t'y faire. Ton frère l'emporte, sur ce coup-là.

Voilà pourquoi, lorsque Peterman a regardé mon bandeau avec insistance en me demandant si je croyais être à la hauteur pour séduire la fille, je lui ai assuré que j'étais le mieux placé pour cette mission.

En voyant que Gracie a rougi rien qu'après un regard, je crois pouvoir dire sans trop m'avancer que j'ai fait mouche. Lorsqu'elle se tourne à nouveau vers moi, je lève mon verre en silence, comme pour porter un toast, et je prends une gorgée. Elle m'adresse un sourire éclatant avant de détourner aussitôt le regard.

Le couple assis entre nous a fini de boire. L'homme d'un certain âge, aux tempes grisonnantes, demande que l'addition soit ajoutée à la note de sa chambre, puis il aide sa compagne à descendre de son tabouret. Elle est peut-être un peu plus jeune que lui, mais pas de beaucoup. Les ridules autour de ses yeux et de sa bouche suggèrent une vie pleine de rires. L'affection sur le visage de l'homme, quand il lui prend le bras avec tendresse, me pousse à les dévisager.

Elle porte une alliance en diamant, lui un anneau en or. Je me demande depuis combien de temps ils sont mariés. Soudain, une image de leur vie commune me vient. Mona et Ted. Ce sont les prénoms que je leur donne, dans mon imagination. Ils mènent une vie heureuse, avec deux enfants et un colley, dans une rue bordée d'arbres où ils se promènent encore main dans la main au soleil couchant.

Je me demande si Ted a déjà eu peur de retrouver Mona au lit avec un collègue, un ami ou l'homme à tout faire. Non, sans doute. C'est une pensée mélancolique, à la fois heureuse et triste. Heureuse, parce qu'elle me donne de l'espoir. Triste, parce que c'est un spécimen rare. Comme une pièce de musée. Quelque chose que l'on *peut* voir dans l'absolu, mais que l'on ne vivra probablement jamais.

Je suppose que ça fait de moi un témoin privilégié.

Sous mon regard, ils traversent le bar en

direction du hall de l'hôtel. Il a posé la main au creux de son dos, pour la guider, mais également pour créer une connexion avec elle.

Bien sûr, c'est ce que je n'ai jamais eu avec Vivien. Une connexion.

Les connexions aussi sont un spécimen rare. Une chose que l'on ne trouve qu'entre les pages des romans sentimentaux de Kerrie. Dans la vie réelle, on est bien plus solitaire.

Je prends une inspiration et je retourne à mon verre. À présent, le glaçon a fondu dans le fond de bourbon et je le vide d'un trait avant d'en demander un autre. En temps normal, quand je suis en mission, un verre me dure toute la soirée. Ce soir, j'ai besoin d'une autre dose de courage liquide. Je ne sais pas trop pourquoi et ce n'est pas une question que j'ai envie de creuser ce soir. Avec les femmes, je ne suis pas muet, et je ne suis pas nerveux lorsque je travaille sur un sujet. C'est peut-être à cause du couple. Ce couple heureux, satisfait par cette vie que j'attendais, mais que je ne connaîtrai jamais.

J'en ai peut-être assez de courir après leurs exacts opposés.

Et puis, ça m'attriste un peu que Gracie, avec son sourire éclatant et ses manières affables, soit une Vivien et non une Mona.

Tout compte fait, je crois que je regrette d'avoir accepté cette mission.

— Alors, qu'y a-t-il ?

Il me faut une seconde pour comprendre que c'est Gracie qui m'a posé cette question. Je lève les yeux pour découvrir non seulement que le barman a posé un nouveau verre devant moi, mais aussi que Gracie me sourit, la tête légèrement inclinée. Charmeuse.

Bon. D'accord.

Retour au boulot.

— Comment ça, qu'y a-t-il ?

— Quand je discutais avec Jon et que vous tapiez du doigt. Vous aviez l'air si déterminé. Je me demandais à quoi vous pensiez.

Déterminé. Étant donné que je la regardais dans les yeux, ce petit mot est lourd de sous-entendus. Si j'avais l'intention de m'envoyer en l'air, je serais ravi. Étant donné que je suis ici pour démontrer son infidélité, je devrais me réjouir que la mission soit sur les rails.

Et pourtant, je me sens las, incapable de secouer cet ennui qui m'oppresse.

Je bois une longue gorgée – histoire de me botter symboliquement les fesses –, puis je la rejoins et prends place à côté d'elle, sur le siège que Ted vient de libérer.

— J'étais intrigué par ce qu'il a raconté, dis-je en désignant Jon du menton. Apparemment, vous lui avez suggéré quelque chose et il a vécu son meilleur rencard.

Je passe le doigt sur le bord de mon verre, concentré sur ses lèvres.

— Je me dis que c'est le genre d'informations qui peut m'intéresser. Vous voulez bien partager ?

Il y a un plateau d'amuse-gueules sur le bar devant elle, et tout en parlant, je prends une poignée de noix salées dans un bol. Je les enfourne dans ma bouche avant de lécher le sel sur mes doigts, sans la quitter des yeux et avec une parfaite innocence, jouant la carte du charme.

Je vois sa gorge remuer lorsqu'elle déglutit et je sais qu'elle mord à l'hameçon.

— Intéressé par un rencard torride ? demande-t-elle.

Elle prend la paille qui dépasse de son Manhattan et la suçote malicieusement. Je remarque qu'elle ne porte aucune bague – de fiançailles ou autre.

— Toujours.

Comme je l'espérais, elle éclate de rire.

— Eh bien, ma suggestion ne vous plaira peut-être pas. Elle est plus subtile. Plus...

Elle hausse les épaules sans terminer sa phrase.

— Romantique ?

— Amicale, dit-elle. C'est une idée de rendez-vous pour apprendre à mieux se connaître.

— Apprendre à se connaître, répété-je en soutenant son regard. Je crois que ça me plairait.

Elle détourne la tête et pose la main sur sa nuque, redressant ses épaules. Ses joues virent au rouge et je décèle un sourire réticent sur ses lèvres. Elle a l'air tout à fait innocente, même un peu timide, et je m'émerveille de la fourberie dont les femmes sont capables.

Au bout d'un moment, elle se tourne vers le bar, me décoche un coup d'œil en coin et boit une gorgée.

— Je lui ai suggéré un rencard shopping, me dit-elle sur un ton détaché, comme si je ne lui avais pas fait du charme et comme si elle n'avait jamais réagi.

— Un rencard shopping ?

— Shopping et cocktails, précise-t-elle. Il y a un magasin fabuleux à North Loop qui vend toutes sortes d'antiquités formidables. Oh, vous êtes du coin ? C'est au nord du centre-ville, pas très loin d'ici. Il faut...

— Je suis du coin, lui dis-je. Je travaille de l'autre côté de la rue. J'aime venir boire un verre ici.

— Alors, vous connaissez ce quartier ? Celui de North Loop, je veux dire.

— J'y suis allé une fois ou deux.

— Il y a beaucoup de petites boutiques d'art, dit-elle. C'est très éclectique.

— Et c'est là que vous avez envoyé Jon ?

— Hmm, hmm. Une boutique qui s'appelle Room Service. C'est génial pour le shopping, mais c'est aussi un bon endroit où sortir. Plein d'art déco. Du kitsch. Des fringues, de la vaisselle, des meubles. Quelques bouquins. Des bijoux. Un peu de tout. Ça donne un tas de sujets de conversation.

Je vois que Jon nous observe, mais il n'intervient pas. Pendant une seconde, je me demande si c'est son accroche habituelle. Décrire un rendez-vous romantique. Se rapprocher. Proposer un verre dans sa chambre...

C'est possible. À moi de voir comment ça se passe.

— Alors, vous y allez souvent ? demandé-je.

— Oh, oui. Tout le temps.

— En bonne compagnie ?

Elle boit le reste de son Manhattan en secouant la tête, puis elle émet un petit bruit en signe de négation.

— Pas forcément. J'aime fouiner. Ce que je suggérais à Jon, c'était d'emmener la fille qui l'intéresse dans cette boutique, et ensuite d'aller au petit bar plus loin dans la rue où ils servent de délicieux cocktails. Ça s'appelle Drink Well. Vous connaissez ?

Je secoue la tête, mais je retiens le nom. Je suis toujours à la recherche de bars sympa.

— Vous devriez y aller, dit-elle en haussant une épaule. En tout cas, j'ai pensé que ce serait un bon conseil.

Elle désigne le barman, à l'autre bout du bar circulaire, hors de portée d'oreille.

— Ils y sont allés hier soir après le travail, et il a dit que ça s'était bien passé.

Elle se penche vers moi et ajoute à voix basse :

— Ils se revoient demain.

— Ah, le rencard du vendredi soir, dis-je à mi-voix en me penchant à mon tour. En effet, s'ils passent aux choses sérieuses, ça veut dire que ça s'est bien passé.

— C'est la première fois que je donne des conseils dans ce domaine. Il faut croire que j'ai un don.

— La première fois ? J'aurais cru que vous étiez une sorte de gourou.

— Pas vraiment.

Elle pouffe en levant la main. Je constate alors que Jon est revenu et qu'elle demande l'addition. *Zut.*

— Qu'est-ce que ça veut dire ? poursuit-elle en

fronçant les sourcils. Que ceux qui ne peuvent pas le faire conseillent les autres ?

— Je ne le crois pas un seul instant.

Si ma voix est toujours charmeuse, je peste intérieurement. Parce que la soirée n'est pas assez avancée, ça ne fait pas assez longtemps que nous buvons en bavardant.

— Vous montez ? demande Jon en faisant glisser vers elle le porte-addition, qu'elle ouvre en prenant le stylo.

Je réprime une grimace frustrée. Si je veux rapporter des preuves à Peterman, je vais devoir faire plus d'efforts. Je pose ma main sur la note.

— C'est pour moi.

— Oh, il ne faut pas.

— Ça me fait plaisir.

J'agite la main vers Jon, qui hoche la tête.

Pendant un moment, Gracie hésite. Puis elle dit très poliment et simplement :

— Eh bien, merci. C'est très gentil. Au fait, je m'appelle Gracie.

— Cayden. Je vous raccompagne ? Vous êtes garée par ici ?

— En fait, je dors à l'hôtel.

— Oh, dis-je en feignant la surprise. Avec ce que vous disiez sur la boutique d'antiquités, j'ai cru que vous étiez du coin.

— C'est le cas, répond-elle. Mais…

Elle secoue la tête en se raclant la gorge et une boucle blonde se détache de son oreille. Je commence à tendre la main, imaginant déjà les mèches soyeuses entre mes doigts, mais je fais un effort pour me retenir.

— Je séjourne ici, car il y a des travaux chez moi, termine-t-elle en replaçant sa mèche de cheveux derrière son oreille. Ils doivent couper l'eau et l'électricité pendant quelques jours.

— Ah.

Je renonce à songer plus longtemps à la texture de ses cheveux et je m'efforce de mettre de l'ordre dans mes pensées.

— Et votre petit ami ? Mari ? Fiancé ? Avez-vous choisi le Driskill pour faire de ce séjour forcé une escapade romantique ?

Ses joues retrouvent leur teinte rose.

— Ah, non. Malheureusement, depuis peu, je n'ai ni petit ami, ni mari, ni fiancé. J'ai choisi le Driskill parce que c'est mon hôtel préféré en ville.

— Le mien aussi.

Lorsqu'elle m'adresse à nouveau son beau sourire, je dois me rappeler que je suis ici en mission et non pour le plaisir.

— On raconte qu'il est hanté, ajouté-je.

— Apparemment.

— Y a-t-il des fantômes à votre étage ?

— Pas un seul.

— Ça m'étonne. J'aurais cru que tous les fantômes sortiraient, rien que pour vous voir.

Elle éclate de rire en descendant de son tabouret.

— Si c'est une réplique, elle n'est pas très bonne.

Je me lève à mon tour.

— J'ai bu deux bourbons, soyez indulgente.

— Bon, je vous donne un A pour l'effort. C'était très agréable de discuter avec vous. Je devrais vous dire au revoir.

Je devrais vous dire au revoir. Magiques, ces mots. Elle dit qu'elle devrait, mais qu'elle pourrait se laisser convaincre du contraire. Et comme je suis ici pour ça...

— Je devrais sans doute vous accompagner jusqu'à votre chambre. Au cas où.

— Au cas où quoi ?

— Les fantômes, dis-je en lui offrant mon bras.

Elle hésite et je me demande si je vais devoir passer au niveau ultime. Mais elle finit par accepter mon bras et nous nous dirigeons vers l'ascenseur.

— Quatrième, dit-elle une fois à l'intérieur.

Lorsque l'ascenseur se met en branle, elle reste à mon bras et pendant un instant, rien qu'un instant, je regrette que ce ne soit pas réel.

Mais ce n'est pas le cas. Il ne faut pas. Je ne dois

pas être émotif. Je suis en mission. Quand bien même, je ne cherche pas à m'attacher. Je refuse d'être à nouveau blessé. De toute façon, cette femme est mon sujet d'enquête, ce qui fait d'elle une intouchable.

Elle n'est pas dans ma vie. Elle n'est qu'à mon bras. Bien sûr, je vais essayer de forcer les choses. Je ne coucherai pas avec elle – après tout, il y a des considérations éthiques à prendre en compte. Mais des baisers passionnés ? Des caresses plus intimes ? Ma peau contre la sienne ? Non seulement c'est à prévoir, mais ce serait même souhaitable. Après tout, je dois pouvoir rapporter des preuves à Peterman.

En temps normal, cet aspect du travail ne me pose aucune question. Avec Gracie...

Eh bien, je ne peux nier que j'ai envie de sentir sa peau nue sous mes doigts.

En même temps, je n'ai pas envie qu'elle soit le genre de femmes à se laisser faire.

— Cayden ? Je vous ai perdu ?

Sa voix interrompt mes pensées voluptueuses.

— Désolé, pardon.

— C'est mon étage.

— Bien sûr, dis-je alors que nous sortons dans le couloir. Désolé. Je pensais – eh bien, à vrai dire, je pensais à vous.

— Oh.

Son sourire est timide, mais elle semble sincèrement touchée.

— Bon, je crois que je peux rejoindre ma chambre toute seule. Les goules devraient me laisser tranquille.

— Hors de question. J'offre une protection intégrale contre les esprits.

Mon regard ne quitte pas le sien.

— Oh, fait-elle dans un souffle à peine audible. Comme c'est galant de votre part.

— Je vous le promets. Je ferai mon possible.

— Hmm.

Elle baisse les yeux. Lorsqu'elle prend sa lèvre inférieure entre ses dents, c'est à mon tour de déglutir.

— Gracie ?

Elle lève la tête et ses yeux s'arrondissent dans une attente impatiente. Je comprends tout de suite que ce sera du gâteau. Je devrais m'en réjouir. De l'argent facile, n'est-ce pas ? Une mission rondement menée.

— Cayden ?

— Je... je dois savoir dans quelle chambre vous êtes.

— Oh. Quatre-cent-vingt. Par ici, dit-elle en désignant vaguement le couloir sur sa droite.

Je lui prends la main et nos doigts s'entrelacent.

Sa peau est douce et elle laisse sa main dans la mienne, comme si elle me faisait confiance. Nous marchons jusqu'à la chambre et une vague de regret me submerge lorsque nous atteignons la porte et qu'elle fouille dans son sac à la recherche de sa clé.

Elle me regarde, puis se tourne vers la porte. Elle s'humecte les lèvres et baisse les yeux sur la moquette avant de relever la tête, rencontrant mon regard pour m'inviter enfin à entrer.

— Je suis désolée, dit-elle.

Je suis obligé de revenir sur ses propos pour m'assurer d'avoir bien entendu.

— Je suis désolée, répète-t-elle, sa clé magnétique à la main.

— Désolée ?

— Je... j'allais vous demander si vous vouliez entrer pour, je ne sais pas, discuter, ce genre de choses. Mais... mais je ne pense pas que ce soit une bonne idée.

— Ah bon ? Pourtant, ça faisait longtemps que je n'avais pas entendu une idée aussi bonne.

Elle rit et ce doux son me comprime le cœur.

— Je sais. Disons que... eh bien, vous me semblez très gentil et j'ai beaucoup apprécié discuter avec vous, mais...

Elle ne termine pas sa phrase et je m'avance, profitant de son incertitude.

— Vous en êtes sûre ? Je vous promets que je ne mords pas.

Comme je l'escomptais, elle rit, mais aussitôt elle secoue la tête.

— Je ne sais pas.

Tapotant le doigt sous son œil, elle sourit.

— J'ai entendu parler de vous, les pirates.

Mon sourire reflète le sien. Je suis à la fois surpris et reconnaissant qu'elle fasse allusion à cela, et même qu'elle tente une plaisanterie sur quelque chose que la majeure partie des filles passent sous silence, par politesse, même après une folle nuit débridée.

Ses épaules se soulèvent et s'affaissent.

— Écoutez, je suis désolée si je... Enfin, si vous êtes monté ici en espérant autre chose.

— Autre chose que quelques minutes supplémentaires avec vous ? Croyez-moi, vous n'avez pas à être désolée.

Je lui prends la main et la porte à ma bouche, déposant un baiser au bout de ses doigts.

— Souhaitez-moi bonne nuit, Gracie, lui dis-je.

Elle répond en riant :

— Bonne nuit, Gracie. Et merci.

Je hoche la tête, puis je me retourne et rebrousse chemin vers l'ascenseur. Contre toute attente, je suis soulagé de repartir sans la moindre preuve que Gracie Harmon trompe mon client.

CHAPITRE QUATRE

____

EN TEMPS NORMAL, je ne me sens pas démuni dans le cadre de mes missions, mais ce soir, c'est le cas. Très honnêtement, je me demande si c'est parce que je n'ai aucune information claire pour Peterman ou parce que je suis déçu à juste titre que Gracie ne m'ait pas invité dans sa chambre.

Comme j'ai le pressentiment que c'est plutôt la deuxième option, je décide de ne pas creuser la question. Et comme le meilleur moyen de ne pas creuser la question, c'est de prendre un autre verre, c'est exactement ce que je fais.

Une heure plus tard, il est presque vingt-deux heures. J'ai terminé de siroter mon bourbon et j'ai passé en revue tous les emails sur mon téléphone. Je n'ai plus la moindre idée pour passer le temps et je m'apprête à appeler un Uber, rentrer chez moi et m'installer sur mon canapé avec le dernier *Fast and Furious* avant de sombrer pour la nuit.

Je ne vais pas plus loin que le hall de l'hôtel avant de changer d'avis. Je viens de me rappeler que l'un de mes groupes préférés, Seven Percent, donne un concert surprise au Fix, un bar et restaurant local. C'est un concert confidentiel, car le groupe originaire d'Austin cartonne depuis quelques années. Une annonce officielle attirerait plus de public que l'établissement ne pourrait en accueillir. Mais Ares, leur chanteur, est de retour en ville pour rendre visite à un ami, et le groupe a décidé de donner un petit concert au bar de leurs débuts.

Si je sais tout cela, c'est parce que Pierce, Connor et moi passons assez souvent au Fix pour être considérés comme des clients réguliers, et le propriétaire, Tyree, est devenu un ami.

Maintenant, je sors du Driskill sur Brazos, puis je tourne à gauche sur la Sixième Rue. Je remonte quelques rues avant d'arriver en face du Fix, je traverse malgré le feu vert et je m'empresse de rejoindre la porte. Même sans annonce officielle, la salle est bondée. J'aperçois Tyree au fond, mais il est occupé et il ne me voit pas. Eric le barman m'appelle, mais il ne reste plus aucun siège libre au bar et je me contente de le saluer d'un geste de la main en essayant de repérer une table.

Le groupe est déjà sur scène. Il se prépare et je me maudis d'avoir attendu aussi longtemps. Je n'ai nulle part où m'asseoir et je ne suis pas d'humeur à rester debout dans la foule qui ne manquera pas de se rassembler devant la scène à l'avant du bar.

— Cayden !

D'abord, je ne suis pas certain d'avoir entendu mon prénom. Le vacarme est assourdissant et je crois l'avoir imaginé. Mais je me retourne quand même pour en avoir le cœur net.

C'est alors que je la vois – *Gracie*.

Je me demande vraiment ce qu'elle fait là, d'autant plus que je l'ai accompagnée jusqu'à sa chambre il y a plus d'une heure. Et pourtant, elle est là, comme un ange gardien somptueux. Elle veille sur moi et m'offre le siège vide à sa petite table.

Je me dirige vers elle en essayant de me persuader que, si mon humeur vient de s'alléger, c'est parce que je ne serai pas obligé de rester debout pendant tout le concert. Et aussi parce que je vais pouvoir continuer ma petite enquête.

Bien sûr, la vraie raison, c'est que je suis heureux de la voir. Mais je n'ai pas envie d'y penser.

— Avouez-le, lui dis-je. Vous me suivez.

— Je crois que c'est ma réplique, rétorque-t-elle. Que faites-vous ici ?

— J'allais rentrer chez moi, puis je me suis

rappelé que Seven Percent jouait ce soir. C'est l'un de mes groupes préférés.

— Moi aussi, dit-elle. Mais comment l'avez-vous su ?

Je pivote sur mon siège pour désigner Tyree.

— Je suis pote avec le gérant. Vous ne le saviez pas ? Pourquoi êtes-vous ici ?

M'a-t-elle planté tout à l'heure afin de pouvoir revenir et retrouver quelqu'un d'autre à câliner ? Cette idée me laisse un mauvais goût dans la bouche et je m'empresse de la chasser. Après tout, Gracie est assise toute seule.

— J'ai commandé au service d'étage, me dit-elle. Des frites et du café. J'ai commencé à parler au serveur. Il était dépité de travailler ce soir et de rater le concert.

Elle boit une gorgée de bière.

— Je ne me sens pas coupable, mais si je le vois demain, je ne me vanterai pas. Cela dit, ce sera difficile. Je suis une vraie groupie. Je les ai vus il y a deux ans, quand ils ont fait la première partie de Next Levyl.

— Quelle chance, dis-je. J'ai raté ce concert. Mais lui, je l'ai rencontré, vous savez. Levyl.

Elle ouvre de grands yeux ébahis en s'adossant dans son siège.

— Vous vous foutez de moi.

— Non, je le jure. C'est l'ami d'une amie.

Techniquement, c'est l'ex-petit ami de la belle-sœur de Pierce, l'actrice Delilah Stuart, mais je ne le mentionne pas.

— J'essaie de ne pas prêter attention aux potins de stars, dit-elle, mais ça m'a mise en rogne que Delilah le largue pour Garreth Todd.

Je devrais laisser tomber le sujet. Je le sais. Mais Del est une fille bien et je ne peux pas me taire.

— Ils sont amis, vous savez. Pour sa défense, c'est Garreth qui l'a séduite.

Elle me dévisage, les yeux plissés, et pose le menton sur son poing.

— C'est elle, l'amie. Celle que vous avez mentionnée. Vous êtes ami avec Delilah Stuart.

— Ce n'est pas quelque chose dont je me vante habituellement, lui dis-je avec sincérité.

Cette femme m'engourdit le cerveau. Je suis sous le charme. Ensorcelé. Si elle n'était pas le sujet de l'enquête pour laquelle Peterman me paie, ce ne serait pas un sentiment désagréable.

Étant donné les circonstances, c'est un grave inconvénient.

Je suis sauvé de mes pensées indésirables lorsque Reece, un associé de Tyree, monte sur scène, prend le micro et présente le groupe. Au bout de quelques minutes, toute l'assistance danse et la musique est bien trop forte pour nous permettre de discuter.

Après quelques chansons et plusieurs Corona arrangées – une spécialité du Fix qui consiste à remplir de rhum le goulot d'une bière Corona –, je me sens bien. À tel point que lorsque Gracie se penche et me cogne l'épaule, criant plus qu'elle ne murmure que la chanson qu'ils entonnent est sa préférée, j'en oublie que ma mission de ce soir était d'essayer de la séduire. Je passe un excellent moment.

Pendant la durée du concert, nous descendons deux Corona arrangées chacun. Lorsque le groupe termine son dernier rappel, je crains d'avoir perdu à jamais mon ouïe de l'oreille droite – j'étais trop près des hurlements de Gracie.

— Désolée, me dit-elle en plaisantant. Oreille droite, œil gauche. J'ai pensé qu'il vous fallait une certaine symétrie.

— Excusez-moi, je ne vous entends pas. Je crois que je suis sourd d'une oreille.

Elle lève les yeux au ciel en souriant.

— Je suis contente d'être tombée sur vous. C'était sympa.

— Je suis d'accord.

— Ne vous inquiétez pas. Je ne vous embêterai pas et je ne parlerai à personne de cette histoire avec

Delilah et Levyl. Croyez-moi, je sais ce que ça fait lorsqu'on parle de vous sur internet. À plus petite échelle, évidemment, mais quand même.

— Vraiment ? Pourquoi cela ?

Je connais la réponse, bien sûr. Mais comme je ne suis pas censé savoir qu'elle est mannequin, largement suivie sur les réseaux sociaux, je dois feindre l'ignorance.

Elle fronce le nez.

— Vous savez quoi ? J'ai beaucoup trop bu. Je ne devrais rien dire. Pouvons-nous revenir en arrière et faire semblant que je n'ai pas ouvert ma grande bouche ?

— Tout dépend. Est-ce une négociation ?

Elle hausse les sourcils.

— Qu'en pensez-vous ?

— Prenez encore un verre avec moi et j'oublierai tout ce que vous voudrez me faire oublier.

Posant la main sous son menton, je garde son visage entre mes doigts pour la regarder longuement dans les yeux. Des yeux couleur océan. Des yeux où je pourrais me perdre. Je crois aussi que je suis un peu éméché.

Je m'efforce de me secouer, me délivrant de son regard hypnotique et sensuel.

— Si c'est ce que vous voulez, nous pourrons même oublier cette soirée. Nous pouvons la laisser dans une petite bulle, où tout peut arriver parce qu'il n'y aura aucun souvenir, rien pour nous la rappeler. Aucune trace. Uniquement ce soir, et rien d'autre qu'un peu de poussière de fée emportée dans le vent.

Elle entrouvre les lèvres. Je la vois déglutir. Je n'ai pas lâché son menton et je sens son pouls palpiter dans son cou, un peu plus vite à présent. Il y a du désir. Je le sens aussi. J'ai envie qu'elle me dise oui – j'ai envie de goûter ces lèvres – et en même temps, je la supplie en silence de me dire non.

Elle recule sur son siège et je lâche son menton à contrecœur.

— Je... je crois que j'ai déjà trop bu, dit-elle. À vous entendre la décrire, cette petite bulle me semble presque attirante.

— Tout est attirant dans un secret.

C'est le rôle que je suis censé jouer, et je compte bien faire mon travail, même si parfois j'ai horreur de ce que je découvre.

— Ce ne serait qu'entre vous et moi. Quelque chose dont personne ne saura jamais rien.

Elle triture l'étiquette de sa Corona.

— On ne peut pas oublier sur commande.

— Qui a dit que ce serait sur commande ? dis-je en tentant une intonation taquine.

Je lui prends la bouteille des mains et je la soulève.

— Ces petits trésors s'en chargeront pour nous.

Elle éclate de rire. C'est l'un des sons les plus agréables que j'aie jamais entendus.

— Vous avez peut-être raison. Et... eh bien, j'avoue que c'est tentant. Mais je devrais y aller. Je dois travailler demain et il faut dormir pour être belle.

— J'en doute, lui dis-je. Je crois même que vous seriez magnifique sans la moindre heure de sommeil.

Encore une fois, je lui tends la perche, bien sûr, mais pour tout dire, j'adorerais vérifier cette théorie. J'aimerais la voir sans maquillage, les cheveux ébouriffés après une nuit de sommeil. Ou sans sommeil, en l'occurrence.

— Vous êtes gentil, me dit-elle, même si, en réalité, c'est tout le contraire. Mais cette fois, je vous souhaite bonne nuit pour de bon.

———

— Ça blesse votre ego, n'est-ce pas ?

La voix tonitruante de Peterman dans le haut-parleur du téléphone m'arrache une grimace. Affalé sur le canapé de mon bureau, j'applique sur mes yeux un sachet réfrigérant que j'ai récupéré dans la trousse de premiers secours. J'ai une migraine carabinée – apparemment, le bourbon, la bière et le rhum ne font pas bon ménage – et pour le moment, tout ce que je puisse faire, c'est supplier mon client de chuchoter.

— Je vous dis qu'elle me trompe.

Sa voix est un maillet contre mon cerveau.

— Et vous avez cru qu'elle tomberait dans le piège avec vous. Désolé, mon ami. Accordez du crédit à cette fille.

Je serre les dents. Il est à peine huit heures du matin et je ne suis au bureau que parce que nous avons une réunion bilan à neuf heures. Peterman voulait que je le tienne au courant de bonne heure avant qu'il retourne à ses dépositions. Je sais que ce n'est pas sa faute, mais je suis de mauvais poil. Je me suis couché tard et j'ai trop bu en compagnie de la fille à qui je n'accorde manifestement pas assez de crédit.

— Écoutez, dis-je. Je lui accorde du crédit pour ne pas avoir couché avec un homme intéressé, rencontré dans un bar. C'est un compte rendu, pas une conclusion définitive. Et mon ego n'entre pas en ligne de compte. Je l'ai draguée avec insistance hier soir, lui dis-je. Je l'ai même raccompagnée jusqu'à sa porte. Je lui ai clairement fait comprendre que je me ferais un plaisir d'assouvir toutes ses envies. Je n'ai rien obtenu du tout.

Il grogne avec incrédulité. Je n'ai pas encore

rencontré cet homme, mais j'ai fait mes recherches sur internet. C'est un costaud, du genre à avoir pratiqué la lutte au lycée. Il est avocat dans un cabinet avec pignon sur rue. Une boîte qui emploie toute une armée de jeunes diplômés en droit interchangeables, dont certains aspirent à devenir procureurs ou le prochain Johnny Cochran, mais dont la plupart sont uniquement attirés par la paye généreuse.

Étant donné le peu d'informations que j'ai trouvées lors de ma recherche rapide, j'estime que Peterman tombe dans cette dernière catégorie. D'après moi, c'est le type d'avocats qui passe beaucoup de temps à étudier des documents et à gérer les dépositions qui lui incombent, mais qui ne se démènera pas pour une affaire.

En règle générale, je ne signe pas avec des clients que je n'ai jamais vus, à moins qu'ils m'aient été recommandés, mais il a beaucoup insisté lorsqu'il m'a contacté. Il était en route vers l'aéroport pour des dépositions à Dallas et il a dû faire demi-tour et retourner à son bureau. C'est là qu'il a vu Gracie avec un autre homme. C'était il y a deux jours et depuis, cela le ronge. Surtout quand il a appris par une amie commune qu'elle était logée au Driskill.

Que voulez-vous que je dise ? J'ai éprouvé de la compassion pour ce type. Et comme il ne m'a pas demandé tout de suite une surveillance à temps complet, j'ai accepté le plan B, la tentative de séduction, en lui disant que nous ferions le point à son retour en ville. Il revient demain et nous avons déjà prévu un rendez-vous à dix heures.

En attendant, il a signé l'accord d'avance sur honoraires, employant une carte cadeau Visa pour payer notre facture – procédé que préfèrent éviter la majeure partie de nos clients afin de ne pas laisser de traces –, puis il m'a transmis tous les détails pertinents au sujet de Gracie à partir de sa propre messagerie Gmail : son nom, ainsi qu'un tas de données qui devaient lui sembler intéressantes. L'adresse de sa propre maison d'enfance, par exemple.

Comme la majeure partie de nos clients, il m'a demandé de ne pas le contacter au travail et ça me convient très bien. Mais j'ai tout de même demandé à Kerrie de l'appeler afin de confirmer ces informations. Sa secrétaire lui a expliqué qu'il était à Dallas pour des dépositions, mais elle lui a proposé de lui laisser un message. Kerrie lui a répondu de ne pas le déranger, puis elle m'a confirmé que Peterman n'avait pas menti.

— Écoutez, lui dis-je. Elle est à l'hôtel à cause des travaux chez elle. Et l'homme que vous avez vu avec elle n'est peut-être qu'un ami ou un collègue. Elle

m'a semblé gentille et elle n'a pas mordu à
l'hameçon. Vous n'avez peut-être pas besoin de moi.
Emmenez-la dîner et faites une promenade
ensemble.

Honnêtement, je n'en reviens pas d'avoir dit cela.
Moi, le type qui prend toujours au sérieux les
soupçons d'infidélité d'un cocu potentiel. Pourtant,
cette fois, je ne le sens pas.

— Non. Hors de question. Je sais ce que j'ai vu,
et ce que j'ai vu c'est ma copine qui contait
fleurette.

Qui suis-je pour protester contre un homme qui
se sent floué ?

— Très bien. Commençons la surveillance. Nous
discuterons des détails demain, lors de notre
entrevue.

— Attendez une seconde. Elle vous a baratiné,
pas vrai ? Elle vous a fait croire que vous aviez peut-
être une chance ?

Je ne peux pas le nier.

— Et voilà, s'exclame-t-il. Je parie qu'elle ne vous
a jamais dit qu'elle avait un petit ami, et encore
moins un fiancé.

Une fois de plus, je dois bien l'admettre.

— Elle ne portait pas non plus de bague, lui
dis-je.

— C'est normal. Je vais lui offrir celle de ma

grand-mère et elle est encore chez le bijoutier pour un nettoyage et un ajustement de taille.

— Très bien. Nous savons au moins qu'elle ne la retire pas pour la cacher au fond de son sac chaque fois qu'elle sort dans un bar.

— Écoutez. Je vous ai dit que je craignais que ma Gracie me trompe. Je n'ai pas dit que c'était une traînée. Vous avez bavardé avec elle dans un bar, mais ça n'a rien donné. Ma copine a quand même plus d'élégance que ça.

S'il est tellement convaincu que Gracie retrouve d'autres hommes et sort avec eux pendant son absence, j'ai des doutes sur cette question d'élégance. Et pourtant, je comprends cette peur.

Au fond, cela aurait été plus facile pour moi si Vivien avait cédé à un après-midi de passion avec un type anonyme rencontré dans un bar. Mais ce n'est pas ce qui s'est produit. Je l'ai surprise au lit avec son assistant pédagogique. Un homme avec qui elle débattait des thèmes récurrents dans les romans de Dumas tout en sirotant du vin rouge, en préparant les cours de la semaine suivante. Ils avaient eu une « aventure », m'a-t-elle dit. Une connexion.

Un peu qu'ils avaient eu une connexion, et ce n'était pas le même genre qu'entre Ted et Mona. Non, Vivien s'était connectée à son étudiant dans un genre très clairement classé X. Et j'avais eu l'insigne honneur d'être témoin de cette connexion de mes propres yeux.

— D'accord, dis-je. Elle doit bien quitter l'hôtel. Je la retrouverai dans un restaurant, une librairie. Peut-être dans une boutique d'antiquités.

— C'est ça, répond-il. Elle adore cette fripe vintage.

Je me renfrogne avant de passer à autre chose.

— Je trouverai le moyen d'engager la conversation aujourd'hui, de la charmer un peu.

— Bon, très bien. Elle a une séance photo. Toute la journée. C'est un... comment on appelle ça, déjà ? Un shooting pour une banque d'images.

— Connaissez-vous l'adresse ?

— Bien sûr. C'est à l'agence pour laquelle elle travaille. Moreno-Franklin. À l'est d'Austin. Dans l'un de ces quartiers rénovés qui se la jouent artistes.

— Je trouverai, dis-je. Et je me débrouillerai d'une manière ou d'une autre. Quoi qu'il en soit, je vous ferai un rapport détaillé demain.

J'écarte mon téléphone et je consulte mon calendrier.

— Dix heures. Dans mon bureau. Ça vous convient toujours ?

— Je serai là.

Après un profond soupir, il ajoute :

— Quelle situation merdique. D'un côté, j'ai

envie de vous sauter à la gorge, mais au moins je saurai que j'avais raison. Et d'un autre, c'est ma douce Gracie. J'aimerais tellement me tromper.

Je hoche la tête même s'il ne peut pas me voir. Pour tout dire, je ne connais Gracie que depuis quelques heures, mais je ressens exactement la même chose.

CHAPITRE CINQ

— VOILÀ le résumé des dernières missions, dis-je en regardant mes associés autour de la table, Connor et Pierce.

Kerrie est là aussi. C'est notre assistante de direction, mais je dirige les réunions du vendredi matin étant donné que c'est moi qui gère la majeure partie de notre portefeuille client.

La sécurité est un drôle d'oiseau dans le monde des affaires. La plupart des entreprises ne voudraient pas confier leur image à un type avec un bandeau sur l'œil. Mais comme le dit Kerrie, ça me donne un côté dur à cuire. Et même un peu subversif. Les gens ont l'impression que je comprends le monde, ses dangers, et que je suis prêt à tout pour mener à bien une mission – et par ricochet, que c'est également le cas de mes collègues.

Eh oui, je suis une publicité ambulante pour Blackwell-Lyon, la société de sécurité haut de gamme que Connor, Pierce et moi avons lancée il y a moins de deux ans. Nous nous démenons vingt-quatre heures sur vingt-quatre et sept jours sur sept pour nous bâtir une solide réputation et offrir un service complet. Depuis l'installation des alarmes et des systèmes de surveillance jusqu'à la protection sur place pour les hommes politiques, les stars de cinéma et les chefs d'entreprise. Tous ceux qui craignent pour leur sécurité font appel à nous. Ou tous ceux qui veulent se donner l'air de craindre pour leur sécurité.

Je ne suis pas cynique, mais je sais que la réputation d'un homme politique monte en flèche quand il se rend au conseil municipal flanqué de gorilles. Même chose pour les rappeurs en début de carrière et les futures idoles pour adolescents.

Récemment, nous avons commencé à lever le pied, ne travaillant que le samedi matin et nous accordant les dimanches, sauf en cas de mission particulière. Maintenant que Pierce s'est passé la corde au cou, il a tendance à quitter le bureau à dix-huit heures pour rejoindre Jez chez lui, à moins que nous soyons spécialement débordés.

Sa femme, Jezebel, est une fille unique et je suis sincèrement ravi pour eux. Aucun risque qu'il la surprenne en pleine connexion avec un autre homme, mais je dois avouer que je me suis méfié, au début. Pour la vie personnelle de Pierce et pour l'avenir de notre société. Mais elle comprend à quel point la société est importante à ses yeux – à nos yeux à tous. Il travaille de chez lui quand il le faut et, honnêtement, je crois qu'il abat encore plus de travail pendant la journée pour pouvoir rentrer chez lui le soir sans culpabiliser. Ça nous laisse moins de temps pour tailler une bavette dans la salle de pause, mais on ne peut pas lui en vouloir.

Je me lève et remplis ma tasse de café, pour la énième fois de la matinée. Cela m'a aidé à atténuer un peu ma gueule de bois, la réduisant à une migraine qui palpite en rythme avec mon cœur. Je m'efforce de voir le bon côté des choses. J'ai peut-être la tête en vrac, mais au moins, je sais que je suis vivant.

— Maintenant, les nouvelles missions, dis-je en regardant Pierce.

— Je viens d'apporter la dernière touche à ce dont nous avons discuté la semaine dernière. Le concert au parc. Dans deux semaines, du jeudi au samedi.

— Quelle équipe ?

Nous travaillons avec un groupe d'indépendants trié sur le volet. Nous connaissons la plupart d'entre eux pour avoir servi dans l'armée à leurs côtés.

— La troupe habituelle, répond Pierce en passant les doigts dans ses cheveux châtains. Je les rassemble pour un galop d'essai mercredi prochain. C'est bon.

— Ils ont déjà versé l'avance sur honoraires, précise Kerrie. Notre compte en banque est aux anges.

— Que Dieu bénisse les célébrités, ajoute Connor. Et les hommes politiques.

— Quelque chose à signaler ? demandé-je à mon frère, qui entreprend de nous exposer le cas d'une sénatrice texane à la recherche d'une nouvelle équipe de surveillance.

— Cet incident à Temple, dit-il. Jenson Security n'était vraiment pas à la hauteur. Je travaille sur une proposition de contrat. Je crois que nous avons une chance de rafler la mise. Son équipe passera la semaine prochaine pour nous rencontrer.

— Bon boulot, lui dis-je.

Kerrie pousse un petit cri de joie, puis elle se penche comme pour le serrer dans ses bras. Au dernier moment, elle se ravise et recule, les yeux baissés sur ses mains et le visage cramoisi.

Je me racle la gorge.

— Kerrie, quoi de neuf au sujet de la publicité ? Des réponses ?

Nous avons réalisé deux publicités récemment. La première est parue dans un magazine d'affaires. Le but était de séduire de nouveaux clients – nous espérons que des cadres exécutifs verront l'annonce et penseront à nous lorsqu'ils auront besoin d'une équipe de sécurité pour leurs clients du monde des affaires, de la politique ou des médias –, mais également de faire connaître notre nom aux pontes de l'industrie.

La deuxième publicité paraît dans un hebdomadaire local d'Austin. Son objectif est de présenter nos services plus communs, tels que l'installation de dispositifs de sécurité, la protection à court terme dans le cadre de procès litigieux pour la garde des enfants, ce genre de choses.

D'après Kerrie, les deux publicités ont suscité des appels dont elle nous partage les détails. Avant de conclure la réunion, je jette un œil à l'horloge.

— Très bien, les amis. Je crois que ce sera tout pour aujourd'hui. Kerrie, je peux te parler une...

— Euh, pas tout à fait, dit-elle sur un ton innocent. N'aurais-tu pas une nouvelle mission ?

Merde.

— Rien qui mérite qu'on en parle.

Pierce et Connor échangent un coup d'œil.

— Envoie, me dit mon frère.

— Cayden joue encore au détective privé, lance Kerrie avec un sourire en coin.

— Quoi ? Tu me *dénonces* ? Non mais, tu te crois au collège ?

Elle me regarde de haut.

— D'accord, dis-je en levant les mains en signe de capitulation. Ce n'est qu'une petite affaire.

— Sérieusement, Cayden ? dit Pierce. Nous étions tous d'accord. À moins que tu aies déjà oublié ?

— Ce n'est qu'une enquête rapide. Une fiancée infidèle.

— Oh, tu m'en diras tant, réplique Connor.

Je lui décoche un regard assassin.

— Je ne peux pas laisser ce type le bec dans l'eau. Et puis, il nous a contactés parce qu'il a lu l'annonce. À quoi ça sert de faire de la pub si on refuse les clients ?

Quand nous avons fondé notre société, nous avons décidé de lui donner le nom de Blackwell-Lyon Sécurité – et non Blackwell-Lyon Sécurité & Détective – précisément parce que nous avions décidé de miser sur nos atouts. Et même si j'ai un diplôme de détective privé un peu poussiéreux qui me sert de temps à autre dans certains aspects du métier, nous avons développé de bons rapports mutuels avec les autres professionnels en ville, que nous recommandons à nos clients.

Dans les premiers temps, pour des questions d'argent, nous avons accepté quelques missions de surveillance lorsqu'elles se présentaient. Mais après avoir décollé, nous avons pris la décision de nous concentrer sur notre point fort : la sécurité.

Ça me va. Mais bien que notre nom soit correctement écrit sur la publicité, le corps du texte mentionne le travail d'enquête. Nous voulions parler d'une enquête dans le contexte de nos services de sécurité – pour retrouver l'identité d'un tireur, par exemple –, mais qu'y puis-je si les mots sont interprétés différemment par les lecteurs de l'annonce ?

— Cette femme l'embobine peut-être, dis-je. Il est convaincu qu'elle a un ou deux amants dans le placard. Aujourd'hui, je fouine un peu et j'ai rendez-vous avec lui demain. J'ai le temps en ce moment, mon agenda n'est pas chargé. Et ce type a besoin d'être accompagné par quelqu'un qui le comprend.

— Comme ça, si elle est réellement infidèle, ça confortera Cayden dans sa vision biaisée du monde et des relations de couple, renchérit Kerrie avec un sourire assorti à son intonation sarcastique.

— Je ne me fais aucune illusion sur ce monde, lui dis-je. Le monde dans lequel je vis est le monde que je vois. Je n'entretiens pas une vision édulcorée de Bisounours.

— Bon, fait Connor en regardant Pierce. Accepte avant qu'il se lance dans un monologue qui nous fera perdre toute la journée de travail.

— D'accord, répond Pierce. Mais c'est la dernière fois.

— Ça marche, dis-je avant de me tourner vers Kerrie. Et maintenant, j'aimerais vous l'emprunter pour aujourd'hui...

CHAPITRE SIX

— UN MANNEQUIN ? s'exclame Kerrie alors que nous descendons Springdale Road en direction de l'agence. Tu veux que je me fasse passer pour un mannequin ?

— Pourquoi pas ?

Je freine au feu rouge et je tourne, en profitant pour lui lancer un regard appuyé. Svelte. De belles courbes. Des lèvres rebondies. Des cheveux blonds couleur de miel.

— Désolé de te l'annoncer comme ça, ma belle, mais tu es canon.

— Et toi, tu es fou. Je ne suis pas du tout photogénique et l'idée que les gens m'examinent sous toutes mes coutures me rend malade.

— Ça tombe bien, tu dois juste faire semblant

d'être mannequin. Un mannequin en herbe, pas la peine de surjouer l'expérience.

Elle ouvre la bouche et ronchonne un peu avant de se taire, adossée dans son siège.

— Au cas où tu aurais encore des doutes, je tiens à te répéter que tu es complètement cinglé.

— Cinglé. D'accord, c'est bien noté.

Elle lève les yeux au ciel et croise les bras. Je continue à rouler en silence jusqu'à ce qu'elle me dise :

— Tu sais, si ça te rend si fébrile de sortir avec une fille, pourquoi tu n'en inviterais pas une ?

Je lui décoche un coup d'œil en coin.

— On devrait faire semblant que tu es comédienne au lieu de mannequin.

— Je dis ce que je pense, c'est tout. Ça fait cinq ans, tu sais. Cinq ans, et tu n'as jamais eu de copine officielle.

— Déjà, j'ai passé dix-huit mois au Moyen-Orient après que j'ai surpris Viv au lit avec...

— Je sais. Tu m'as déjà raconté cette histoire. Change de disque.

— Ensuite, j'ai mis trois mois à me remettre de l'accident et à m'habituer au fait que mes yeux avaient perdu la perception de la profondeur.

— Je comprends bien, mais...

— Puis j'ai trimé pour ce boulot de merde chez

SecureTech, avec des horaires pas possibles. Après quoi, nous avons fondé Blackwell-Lyon tous ensemble. Au cas où tu ne l'aurais pas remarqué, c'est un sacré boulot de fonder une société.

— Et pourtant, Pierce a réussi à trouver le temps de se marier.

Je fais la grimace. Je me doutais qu'elle allait abattre cette carte.

— Tu n'essaies même pas de sortir avec des filles, ajoute-t-elle sur le ton de l'accusation.

Ce n'est pas vrai.

— Si, je sors avec des filles. J'ai eu une demi-douzaine de rencards cette année.

— Aller boire un verre avec une fille qu'on ne rappelle jamais, ça ne compte pas. Et j'espère que tu n'inclus pas dans le lot ta sortie avec Gracie hier soir.

— C'était... *c'est* pour le boulot.

— Bien sûr. Parce que le boulot est le seul moyen de rencontrer des femmes. Le seul moyen efficace, ajoute-t-elle en secouant la tête d'un air dépité.

— Exactement. Je sais ce qui attend en bout de ligne, tu as oublié ?

— Une seule femme et tu en tires des conclusions pour toutes les autres. C'est étroit d'esprit et franchement débile.

— Crois-moi, j'ai vu bien plus qu'une seule femme. Vivien était loin d'être un cas unique.

— C'est parce que tu as choisi cette profession. Pour un gardien de prison, le monde doit ressembler à un repaire de criminels.

Je fronce les sourcils sans rien dire.

— C'est n'importe quoi, poursuit Kerrie. Enfin, honnêtement. Tu as une opinion si basse de Jez ?

— Non, bien sûr...

— De moi ?

— De toi ?

Je la regarde à la dérobée.

— Avec qui sors-tu ?

— Personne, répond-elle en faisant la grimace. Mais quand j'étais... quoi ? Tu comptais dissuader Connor en lui disant que je n'étais qu'une traînée infidèle ?

— Connor s'est dissuadé tout seul, grommelé-je. Et personne n'a jamais pensé que tu le trompais. Pour ce que ça vaut, mon frère est un abruti de t'avoir quittée.

Elle hausse les sourcils.

— Est-ce que tu me dragues ?

— Bien sûr que non. Mais Connor est un abruti.

Elle sourit.

— C'est une évidence. Enfin, tu vois où je veux en venir. Est-ce que tu comprends au moins ?

— Je n'ai pas besoin d'être rassuré, Kerrie.

— Permets-moi d'en douter. C'est vrai, même ton

client – Peterman, c'est ça ? Même lui essaie d'avoir une relation. Toi, tu te contentes de fuir. Pire encore, tu ne tentes même pas la course.

— J'ai déjà couru ce marathon.

— À d'autres. Tu as piqué un sprint et tu as trébuché sur tes lacets.

Je m'engage dans le parking d'un bâtiment tout en bois et en acier, à l'extrême est d'Austin. C'est le siège social de l'agence de talents Moreno-Franklin.

— Je crois que c'est la pire métaphore du monde.

— Oui, eh bien, j'improvise, grommelle-t-elle alors que je me gare sur une place de parking. Franchement, Cay. Tu as fait la guerre en Afghanistan et tu as survécu. Tu as perdu un œil et tu as survécu. Et pourtant, les relations amoureuses te terrifient ? Je n'aurais jamais cru que tu sois une telle poule mouillée.

— Tu sais que si je te supporte, c'est uniquement parce que tu es la petite sœur de Pierce ?

Elle penche la tête pour me regarder de haut.

— Ça te donne au moins une raison. Moi, je me demande bien pourquoi je te supporte.

Je coupe le moteur et je me tourne sur mon siège.

— Nous y sommes.

— Youpi, s'écrie-t-elle, de cette même voix qu'elle utilise lorsqu'elle se dévoue pour déboucher le siphon de l'évier.

— On fait la paix ?

— Tu crois vraiment qu'elle le trompe ?

Il me faut une seconde pour comprendre qu'elle est revenue au sujet de Peterman et Gracie.

— Je ne sais pas. Étant donné que je l'aime bien, j'espère que non. Mais comme il a l'intention de l'épouser, j'estime qu'il a le droit de savoir et il se trouve qu'il me paie pour le découvrir.

Elle expire avant d'ouvrir sa portière.

— Bon, allons-y incognito. C'est toujours mieux que de répondre au téléphone.

Nous nous engageons sur le trottoir bordé de plantes grasses et de bambous en direction de l'entrée lorsque Kerrie s'arrête et demande :

— Tu es conscient que nous avons peu de chances de la voir, n'est-ce pas ? Si elle est en séance photo, elle sera occupée.

— Fais-moi confiance. Je gère.

— Bravo, maintenant je suis nerveuse, dit-elle avec un petit sourire.

Elle tire la porte et entre devant moi.

C'est un endroit ultramoderne avec un bureau de réception en acrylique, sans doute un meuble de créateur hors de prix que je trouve franchement moche. La fille est jolie, en revanche, logique pour une agence de mannequins.

— Cayden Lyon et Kerrie Blackwell. Nous avons rendez-vous avec Cecilia Moreno.

— Bien sûr. Elle est au studio. Je vais lui annoncer votre arrivée.

— Merci, dis-je avant de conduire Kerrie dans l'espace d'attente.

— Nous avons rendez-vous avec l'une des associées ?

— Pour avoir l'accès intégral, il faut viser haut. Et sans accès, je n'étais pas sûr de pouvoir voir Gracie.

— Mais…

— L'amie d'une amie, dis-je. Cette demi-douzaine de femmes avec qui j'ai bu un seul verre ? Je ne les ai pas larguées comme des malpropres. Nous sommes toujours amis. Tout est question de connexions, pas vrai ?

— Crâneur.

J'éclate de rire et je m'apprête à m'asseoir lorsqu'une femme magnifique d'une petite soixantaine d'années fait son entrée dans la pièce. D'une démarche gracieuse, elle exsude le charme et l'élégance.

— Vous devez être Cayden, dit-elle. Et vous êtes la jeune femme intéressée par le mannequinat ?

— Oui, madame, répond Kerrie en se levant.

— Je vous en prie, appelez-moi Cecilia. Et si vous

veniez dans mon bureau ? Je me ferai un plaisir de répondre à toutes vos questions.

— Euh, bien sûr, fait Kerrie.

Je m'avance.

— Nous avons entendu dire que vous aviez une séance photo en cours. Je me suis dit que cela pourrait intéresser Kerrie.

Cecilia hausse ses sourcils parfaitement épilés.

— Vraiment ? Ou cherchez-vous à vous rincer l'œil avec nos jeunes femmes en lingerie et maillots de bain ?

— Il y a un peu de ça.

Heureusement, ma réponse la fait rire.

— Bien sûr. Allons-y. Vous assisterez tous les deux à la séance, puis vous pourrez rester pendant que Kerrie et moi discuterons affaires.

— Ça me convient, dis-je avant de lui emboîter le pas, me félicitant pour mon habileté.

Elle nous emmène dans un bâtiment secondaire, agencé en vaste studio photo, avec des espaces bien éclairés, des vestiaires et une foule de belles femmes de tous les gabarits.

J'en reste bouche bée, essayant de repérer Gracie, quand sa voix familière me parvient.

— *Vous ?*

Je me retourne pour la découvrir, stupéfaite, un peignoir en tissu-éponge bleu élimé sur le dos. Elle le serre autour de son cou d'une poigne si ferme que les jointures de ses doigts blanchissent.

— Gracie ? dis-je en feignant la surprise.

— Bon sang, mais que faites-vous ici ? Vous me suivez ? Parce que je jure devant Dieu que...

— Y a-t-il un problème ?

La main autoritaire de Cecilia se pose sur mon épaule et je vois Gracie écarquiller les yeux.

— Gracie, chérie, que se passe-t-il ?

— Madame Moreno. Je suis désolée. Je... je pensais...

Elle secoue la tête.

— Non, rien.

— Hmm.

Cecilia sourit aimablement, puis elle m'annonce qu'elle va faire visiter les lieux à Kerrie et me demande si je veux me joindre à elles.

Je jette un œil vers Kerrie. Constatant qu'elle se débrouille bien, je secoue la tête.

— Non, non, ça va. Je sais que vous devez parler affaires.

Le regard de Cecilia alterne entre Gracie et moi, comme si elle essayait de savoir si nous allons nous entretuer, puis elle s'éloigne en compagnie de Kerrie.

— Je suis vraiment désolée, dit Gracie dès que nous sommes hors de portée d'oreille. Je vous ai vu et j'ai cru que vous étiez...

— Qui ?

Elle secoue la tête, rejetant cette pensée.

— Rien. Aucune importance.

— Non, dis-je avec fermeté. Quand vous m'avez dit *vous*, de toute évidence vous ne pensiez pas : *Oh, c'est vous, le gars incroyablement sexy du Driskill et du Fix.*

Elle éclate de rire.

— Non, ça ne me ressemble pas du tout.

— Ça m'aurait étonné. Alors, je vous le demande. À quoi pensiez-vous ? Ou à qui pensiez-vous ?

Ses doigts resserrent le cordon de son peignoir.

— Que faites-vous ici ?

— Euh, ma nièce s'intéresse au mannequinat et Cecilia est l'amie d'une amie. Elle a entendu parler de la séance et elle a voulu assister aux coulisses, alors j'ai organisé une rencontre.

— Oh. C'est gentil de votre part.

Son sourire est léger, mais sincère.

— Cela dit, nous devons arrêter de nous retrouver comme ça.

— Je sais. C'est très gênant que vous me suiviez partout.

— Je suis insupportable quand je veux, dit-elle en riant.

— J'en déduis que vous êtes mannequin. À moins

que vous fassiez partie de l'équipe et que vous ayez oublié de vous habiller aujourd'hui.

— Mannequin, confirme-t-elle.

— Ce que vous avez dit hier quand vous avez parlé de harcèlement sur internet…

— Oh. Oui. Je poste des photos. Sur les réseaux sociaux, je veux dire. Rien de personnel, jamais. Mais une partie du métier de mannequin consiste à savoir se vendre. La plupart des gens sont bienveillants, mais certains sont grossiers. Et d'autres carrément flippants.

— Alors, tout à l'heure, c'est ce que vous avez cru, n'est-ce pas ? Que je faisais partie des tarés ?

— Oui, pour tout dire.

Je hoche la tête en réfléchissant.

— Ça ne doit pas être drôle. Désolé de vous avoir effrayée.

— Non, c'est moi qui suis désolée d'avoir tiré des conclusions trop hâtives.

— C'est parfaitement compréhensible.

Je sens le pincement aigu de la culpabilité, car les conclusions qu'elle a tirées n'étaient pas très éloignées de la réalité. Je ne la harcèle pas sur internet, mais je la suis.

— Puis-je me rattraper ?

— Vous me semblez d'une intelligence

raisonnable, avec un minimum d'imagination. Je prends le risque de vous répondre oui.

— Eh bien, ce n'est pas très imaginatif, mais que diriez-vous de dîner avec moi ?

— Oh.

Elle me regarde en plissant les yeux.

— Vous avez raison. Ce n'est pas très imaginatif.

— Je ne peux pas révéler tous mes atouts. Il vous suffit d'accepter pour voir ce que j'ai en réserve.

Son sourire est aussi radieux que le soleil.

— Eh bien, ça me va. J'accepte.

— Que diriez-vous de dix-neuf heures ?

— Ce soir ? demande-t-elle en ouvrant de grands yeux.

— Vous ne comptiez pas manger ce soir ?

— Non. Enfin, je veux dire, si. Oui, je mange.

Ses yeux se plissent. Elle a l'air troublée, mais elle se ressaisit aussitôt.

— Oui, répète-t-elle. Je mange. Vous savez quoi ? Pourquoi pas ? Dix-neuf heures, c'est décidé. Où dois-je vous retrouver ?

— Êtes-vous toujours au Driskill ? Je peux passer vous chercher.

— Un service à domicile ? Ça me plaît.

Nous nous sourions comme deux idiots. C'est agréable.

— Yo ! Gracie ! C'est à toi.

— Oh !

Elle sursaute et m'adresse une moue contrite.

— À ce soir, dit-elle avant de détaler dans la salle.

Je la regarde partir et prête une attention toute particulière lorsqu'elle retire son peignoir et le jette sur une chaise en toile. Splendide et plantureuse, elle porte un corset rouge, un porte-jarretelles assorti et des bas noirs unis.

Elle est à croquer.

Et vous savez quoi ? C'est moi qui l'emmène dîner.

CHAPITRE SEPT

LA SOIRÉE SE PASSE BIEN. C'est même magique. Sans les mensonges et la duperie qui macèrent sous nos pieds comme des eaux usées, je me risquerais presque à dire que je passe l'une des meilleures soirées de ma vie avec la femme la plus sexy, la plus drôle et la plus charmante qui se soit fait une place dans mon monde.

Parce que c'est ce qu'elle a fait.

Même si je sais qu'elle est avec un autre homme – même si je sais que c'est une Vivien et non pas une Mona – chaque seconde avec Gracie est comme une bouchée de biscuit tout chaud. Elle est savoureuse, délicieuse, mais ça me fait du mal.

Pourtant, au fond, ça m'est complètement égal.

Ce soir, je me la joue Actors Studio. Je la connais à peine. Elle me connaît à peine. Elle est Gracie. Je suis Cayden. Et nous sommes de sortie en ville, un premier rencard avec tout l'effet *waouh* et les promesses que cela comporte.

Je détesterai mon boulot demain. Ce soir, j'ai juste envie de profiter du moment avec cette femme.

Et en cet instant, cette femme me regarde avec un sourire ironique qui creuse la fossette de sa joue et me donne envie de l'embrasser.

— Vous êtes perdu dans vos pensées, dit-elle. Je peux vous y rejoindre ?

— Vous y êtes déjà, lui dis-je en lui prenant la main. Je réfléchissais aux implications métaphysiques d'*Esther's Follies*.

Nous sortons tout juste de la séance de vingt heures, où nous nous sommes joints à l'hilarité du public devant le spectacle le plus en vue d'Austin, qui se joue à guichet fermé et que l'on pourrait décrire comme se situant à mi-chemin entre un vaudeville et l'émission *Saturday Night Live*.

— Eh bien, fait-elle. Vous êtes bien plus spirituel que moi. Moi, je pensais à ce dîner que vous m'avez promis.

— C'est vrai que je vous l'ai promis, n'est-ce pas ?

— Hmm, dit-elle. Vous ne croyez tout de même pas que j'ai accepté ce rencard uniquement pour une discussion pleine d'esprit, un divertissement de choix et une compagnie exceptionnelle, si ? Après tout, il faut bien manger aussi.

— Vous marquez un point, dis-je en lui offrant mon bras. Je vous assure que la galanterie n'est pas morte et que le dîner attend au coin de la rue. Au sens propre du terme.

Nous avons bifurqué dans une rue transversale pour éviter la cohue du vendredi soir sur la Sixième. À présent, nous retrouvons la rue populaire, interdite à la circulation en soirée. La foule est composée de touristes, de locaux et de hordes d'étudiants de la faculté. Nous nous frayons un chemin dans le flot de piétons pour nous arrêter devant le comptoir en devanture d'une pizzéria qui vend des parts à emporter.

— Vous aimez le pepperoni ? demandé-je.

— Toujours, répond-elle.

Je commande deux parts à la jeune femme. Avec son crâne en partie rasé, ses tatouages faciaux et ses nombreux piercings, elle ne dénote pas dans la population du centre-ville.

Quelques instants plus tard, nous avons tourné dans une rue et sommes perchés sur des marches en métal, sans doute un ancien escalier de secours, sorte de curiosité architecturale aujourd'hui.

— C'est bon, n'est-ce pas ? dis-je en regrettant

mon énorme bouchée, car le fromage me brûle la langue. Je viens déjeuner ici quelquefois.

— C'est délicieux. Au moins, on ne s'embarrasse pas de la vaisselle en porcelaine et des serviettes en tissu que je pensais inévitables.

Je fais la grimace.

— La pizza était un mauvais choix ?

Elle prend une bouchée et un long fil de fromage s'étire entre ses lèvres et le triangle de pizza. Elle éclate de rire en essayant de le tirer, l'enroulant autour de son doigt.

— Non, dit-elle avec un sourire éclatant et un rire dans la voix qui m'indiquent qu'elle est sincère. C'est parfait. Absolument parfait.

Le soulagement m'envahit.

— Vous m'avez dit d'être imaginatif. C'est comme ça que je vous imaginais.

— En train d'enrouler du fromage ? De piocher des tranches de pepperoni ?

Je secoue la tête lorsqu'elle en jette une dans sa bouche.

— Au clair de lune, lui dis-je en levant les yeux vers l'immense pleine lune suspendue dans le ciel, sa lumière inégalée même par les illuminations du centre-ville. Bien sûr, je vous imaginais aussi en train de marcher le long du fleuve, mais c'est à six rues d'ici et je me dis que c'est trop loin pour aller nous promener main dans la main sur les graviers de granite.

— Probablement, dit-elle. Que diriez-vous de remonter le trottoir bondé sur trois ou quatre rues – je ne sais pas où nous sommes exactement – pour retourner à mon hôtel ?

D'une voix douce, elle ajoute :

— Vous pourrez toujours me tenir la main.

— Oui, dis-je. Je crois que ça me plairait.

Je prends sa pizza, la porte à ma bouche et y mords à belles dents.

— Oh, vous allez avoir des ennuis, répond-elle en éclatant de rire.

Elle me donne un coup d'épaule avant de manger à son tour, puis elle me tend la fin de sa part.

Je la prends, la termine et je me lève.

— Je vous raccompagne, gente dame ? demandé-je en lui offrant ma main.

Elle l'accepte. Nos doigts s'entrelacent et j'éprouve un curieux sentiment de permanence fragile. Comme si je venais d'achever un puzzle abandonné depuis des années sur ma table basse, à attendre la dernière pièce qui me manquait. Mais le puzzle n'est toujours pas verni et il suffirait que la table se renverse pour que l'image disparaisse à nouveau.

— Tout va bien ?

— Quoi ? Oh, oui. Désolé. J'essaie de m'orienter.

Je regarde des deux côtés de la rue comme si j'avais perdu mes repères. Enfin, je tends le doigt vers l'ouest et Congress Avenue, dans la direction de mon bureau et du Driskill, comme si je venais seulement de comprendre où je me trouve dans cette ville dans laquelle j'ai grandi et dans cette rue où je travaille.

— Par là-bas, dis-je. Allons-y.

Elle me serre la main.

— Allons-y.

Nous marchons pendant un moment en silence. Mon esprit tourne à plein régime. J'éprouve une envie presque irrépressible de l'attirer dans l'ombre et de l'embrasser, mais j'ai peur qu'elle me repousse tout autant qu'elle s'abandonne – sans penser un instant à l'homme qu'elle s'apprête à épouser. Je n'ai jamais connu de pensées aussi contradictoires avec aucune des femmes avec qui je suis sorti, et cette expérience me désarme. Est-elle coutumière de l'infidélité ? Est-elle malheureuse avec l'homme qu'elle est censée aimer ? Pourrait-elle être heureuse avec moi ?

Si c'était un rencard, je trouverais peut-être le courage de lui poser la question. Comme l'a dit Kerrie, j'ai fait la guerre au Moyen-Orient et j'ai survécu. En quoi cette conversation serait plus bouleversante encore ?

Le problème, c'est qu'il ne s'agit pas d'un rencard. C'est une mission. Et le fait que je ne cesse de l'oublier me trouble profondément.

Tout cela pour dire que je suis dans un piteux état, ce qui ne me ressemble pas.

— Vous ne m'avez pas dit ce que vous faisiez, observe-t-elle.

C'est une remarque si dangereuse qu'elle me tire brusquement de ma béatitude confuse, me ramenant instantanément au mode professionnel.

— À part accompagner votre nièce à des séances photo en pleine journée, je veux dire.

— Je travaille dans la sécurité, lui dis-je, heureux de pouvoir me montrer un tant soit peu honnête avec elle. J'installe des systèmes, je fais un peu de protection, des choses de ce genre.

— Vraiment ?

L'étincelle de curiosité dans ses yeux ne me surprend pas. La plupart des gens trouvent ce métier plus palpitant qu'il ne l'est réellement. Bien sûr, il y a des moments passionnants, mais on ne peut pas dire que je vive dans un film d'action.

— C'est vraiment bizarre, commence-t-elle. Je...

— Quoi ?

Elle toussote.

— Désolée. La poussière. Euh, je trouve que c'est un super boulot.

De toute évidence, ce n'est pas ce qu'elle s'apprêtait à me dire et je n'insiste pas. Comment pourrais-je lui en vouloir de rester évasive alors que moi aussi, j'ai mes secrets ? Alors, je change de sujet pour aborder une question que j'espère moins risquée.

— Et vous ? Comment vous êtes-vous lancée dans le mannequinat ?

— En fait, je suis tombée dedans. Au premier sens du terme, on pourrait dire.

Devant mon air incrédule, elle rit.

— Non, pas vraiment. En CM1, je suis tombée et je me suis cogné le genou en rentrant chez moi avec ma meilleure amie. Marcher me faisait un mal de chien et mes parents n'étaient pas là – j'étais livrée à moi-même quand j'étais petite. Alors, ma copine a appelé sa mère pour qu'elle vienne nous chercher. Sa mère était haut placée dans une agence et je ne l'avais encore jamais rencontrée. Mais en me voyant, elle m'a demandé si je voulais passer une audition pour une campagne publicitaire.

Elle hausse les épaules.

— J'ai été prise.

— Et le reste, ça fait partie de l'histoire.

— Si vous parlez d'histoire au sens littéral du

terme, quelque chose de complexe et de sanglant, alors oui, on peut le dire.

— Ça n'a pas été un chemin de roses ? J'imagine que c'est très stressant.

Elle hausse une épaule.

— J'étais maigre à l'époque. Mais à l'adolescence, si je voulais garder une taille 34 – c'est ridiculement petit, mais c'est ce qu'on demande –, je devais m'affamer et faire du sport en permanence. J'étais épuisée, mes notes ont chuté, et même si j'adorais ce travail, j'étais malheureuse.

Nous sommes arrivés au croisement de la Sixième et de Brazos, juste en face du Driskill. Mais je ne m'y dirige pas tout de suite. J'ai envie d'entendre ce qu'elle va me raconter. Je m'arrête à l'un des arbres qui longent le trottoir et je m'adosse contre une barrière en pierre, ma main toujours dans la sienne.

— Qu'avez-vous fait ?

— J'ai arrêté en terminale, quand on m'a annoncé que j'allais tomber dans la dépression. Alors, je me suis mise à manger comme une personne normale. Je faisais du vélo au bord de la plage – c'était à Orange County, j'ai grandi en Californie du Sud – et je m'entraînais avec mes amis à la salle de sport. Quand j'ai commencé la fac, j'étais en pleine forme et je faisais du 42, ma taille actuelle.

— Dans ce cas, le 42 est parfait, parce que vous êtes magnifique.

Je ne l'imagine pas en 34. Je n'y connais rien en tailles de vêtements pour femmes, mais si je fais le calcul, elle devait ressembler à une fillette maigrichonne, pas à une femme.

— Dans le mannequinat, ça ne l'est absolument pas. Parfait, je veux dire. Ce qui est ironique, car dans le monde réel, c'est plutôt commun. De toute façon, j'avais quitté ce milieu. Mais un jour, j'ai de nouveau croisé la mère de mon amie et elle m'a humiliée. Elle m'a dit que j'avais enterré ma carrière de mes propres mains, que j'étais incapable de faire des sacrifices pour la beauté, que j'étais paresseuse et que je n'avais pas envie de me donner les moyens, j'en passe et des meilleures.

Elle a un petit sourire machiavélique.

— Elle a déclenché un brasier. Sérieusement, elle m'a mise dans une telle colère que j'ai séché les cours pendant une semaine – j'étais à l'Université de Los Angeles à cette période – et je suis allée voir toutes les agences de mannequinat qui voulaient bien de moi. Il s'avère que mon 42, la taille nationale moyenne, est considéré comme une grande taille dans l'univers de la mode. C'est stupide, mais ça ne m'a pas arrêtée. Je me suis lancée.

Elle s'interrompt, les sourcils froncés.

— Quoi ? demandé-je.

— Rien. Je n'en reviens pas de vous avoir tout raconté. En temps normal, je ne fais pas ça. Je réponds habituellement que j'adore mon boulot et que je suis honorée d'avoir réussi à me faire un nom dans ce milieu.

— C'est le cas ?

Elle hoche la tête.

— Oui. J'ai du travail régulier, je suis le visage – ou plutôt le corps, disons – d'une ligne de maillots de bain et j'ai des admirateurs inconditionnels. Dans l'ensemble, c'est génial, mais parfois ça me perturbe.

— Ça vous perturbe ?

— D'être sur le devant de la scène, répond-elle en secouant la tête. C'est une partie du métier que je n'aime pas.

— Je ne comprends pas. Ce métier ne consiste-t-il pas à occuper le devant de la scène ?

— Si, bien sûr. Pour représenter quelque chose d'autre. Mais de nos jours, tout le monde est sur les réseaux sociaux, et la frontière est devenue floue entre les publicités et ma vie réelle. C'est pourquoi je... vous savez quoi ? Peu importe. Cette conversation est beaucoup trop sérieuse.

J'ai envie d'entendre ce qu'elle a à dire, mais je ne veux pas insister.

— Très bien.

Je désigne l'hôtel, de l'autre côté de la rue.

— Je vous paie un verre ?

Elle sourit, révélant ses fossettes.

— Ça dépend. Comptez-vous me saouler pour profiter de moi ?

Ma bouche se dessèche. Cette perspective est bien trop séduisante et je m'efforce de ne pas oublier mon boulot. Ma mission.

— Et si c'était le cas ? Ça vous dérangerait ?

Elle penche la tête, presque timidement, le regard fuyant. C'est une réaction adorable. Je ne sais pas si je suis charmé ou excédé. Car après tout, je connais la vérité.

Vraiment ?

Je n'en suis plus si sûr. Parce que tout ce que je connais au sujet de cette femme contredit tout ce que je *sais*. Tout ce que j'ai vu et ressenti chaque fois que j'étais avec elle.

Peterman se tromperait-il ? Est-elle parfaitement innocente ?

À moins qu'elle soit une Vivien. Elle ensorcelle et fait des cachotteries. Elle me montre une version de sa personne en me cachant soigneusement tout le reste.

Je prends une inspiration, songeant à la fois à la femme devant moi et à la mission qui m'est échue.

— À propos de ce verre, dis-je. Que diriez-vous du service d'étage ?

Elle s'humecte les lèvres et je n'ai qu'une envie, me pencher et l'embrasser.

— Je... eh bien, je ne fais jamais ça.

— Boire un verre ?

Ma remarque me vaut un éclat de rire.

— Inviter un homme dans ma chambre.

— D'un point de vue technique, vous ne l'avez pas fait.

— Bien vu.

Elle m'entraîne vers le passage piéton.

— Alors dans ce cas, ça ne pose aucun problème.

— Vous en êtes sûre ? demandé-je lorsque nous entrons dans l'hôtel.

Elle me conduit jusqu'à l'ascenseur. Une fois que les portes se referment et que la cabine démarre, elle acquiesce et répond :

— J'en suis sûre.

Nous ne parlons plus avant d'arriver à sa chambre. Bon sang, je suis aussi anxieux qu'un adolescent à son premier rendez-vous. J'ai envie qu'elle me repousse, qu'elle me dise qu'elle a commis une erreur.

En même temps, j'ai envie de l'attirer à moi. De glisser ses mains autour de mon cou et de sentir la pression de sa poitrine sur mon torse, de lui empoigner les fesses pour la plaquer contre mon corps. J'ai envie de me perdre en elle, et désirer ce que je ne peux pas avoir me rend fou.

Ce qui me rend encore plus fou, c'est qu'elle ne saura jamais pourquoi.

Une fois devant sa porte, elle m'adresse un sourire nerveux.

— Et voilà, dit-elle en écartant le panneau *Ne pas déranger* afin de présenter sa carte magnétique devant le lecteur.

J'entends le déclic du verrou et elle ouvre la porte.

— Bienvenue chez moi. C'est un peu le bazar.

Des livres et des magazines sont étalés dans la chambre. J'aperçois une chemise de nuit sur l'accoudoir d'un sofa et un soutien-gorge suspendu au dossier d'une chaise.

C'est étrangement attirant et mon corps se contracte lorsqu'une vague de désir me submerge – avant de se raidir davantage quand elle s'approche, croise mon regard et m'embrasse.

C'est doux, plein de tendresse. Elle a un goût de pizza et de paradis. C'est bien meilleur que mon fantasme – et bien pire. Parce que c'est réel et que j'en ai envie – j'ai envie d'*elle*. Or je ne peux pas l'avoir, pas vraiment, et pourtant je ne peux pas la repousser. J'ai envie de l'attirer contre moi pour ne plus jamais la lâcher.

Mais elle se retire en tressaillant, avec de grands yeux, et la réalité me frappe de plein fouet.

— Je suis désolée, dit-elle en portant la main à sa bouche. D'habitude, je ne suis pas aussi entreprenante. Disons que... vous me plaisez. Avec vous, je me sens à l'aise.

Ces mots flottent étrangement dans l'atmosphère entre nous.

— Alors, on commande à boire ? demande-t-elle.

Son sourire est à la fois timide et plein de possibilités. Je vois exactement où cette soirée nous mène – sur un chemin dont j'ai envie et qui me pousse aussi à fuir.

— Gracie, je suis désolé.

Elle fronce les sourcils et ses joues virent au rose.

— Ai-je... ?

— Non, non. Seulement, je...

Merde.

— Vous me plaisez beaucoup, vous aussi. Mais je dois y aller.

Ce n'est pas à cause de la mission – ni parce qu'elle vient de tenter quelque chose avec un homme qui n'est pas son petit ami, prouvant ainsi que les craintes de Peterman étaient fondées –, mais parce que je ne peux pas duper Gracie de cette manière. Je ne peux pas aller plus loin alors que je ne suis pas l'homme qu'elle croit.

— Je ne...

— Je sais, dis-je. Je suis désolé. Tellement, tellement désolé.

Le cœur lourd, je franchis sa porte et m'éloigne dans le couloir de ce bel hôtel ancien. J'ai beau désirer cette femme plus que tout, je sais que je ne la reverrai jamais.

CHAPITRE HUIT

— AU MOINS, le client sera content, dit Connor.

Il fait la grimace avant de revenir sur ses paroles :

— Enfin, moins heureux que soulagé de connaître la vérité avant de prononcer ses vœux.

Je hoche la tête, mais je n'éprouve aucune satisfaction. Il est indéniable que Gracie était partante pour aller aussi loin que je voulais l'emmener, ce qui signifie qu'elle plongeait dans ce bassin interdit où Peterman craignait qu'elle soit déjà immergée.

Je devrais me féliciter d'avoir réussi ma mission – mais je n'ai pas le cœur à la fête. Au contraire, je me sens groggy.

— Quand même, je crois qu'on le voyait venir, dit Kerrie en enfonçant sa cuillère dans un pot de yaourt. Elle minaudait à la séance photo.

Je fronce les sourcils en la regardant, mais elle se contente de hausser les épaules.

— Quoi, c'est vrai. Et toi aussi.

Comme elle ne se trompe pas, je ne dis rien. De mon point de vue, bien sûr, il était question de travail. Quant à Gracie... honnêtement, je n'ai plus envie d'y penser. Ça ne fait que m'embrouiller le cerveau.

Nous sommes dans la salle de pause, où j'attends l'arrivée de Peterman pour son rendez-vous de dix heures. Il est en retard de quinze minutes et je me sens nerveux. J'ai hâte qu'on en finisse.

C'est donc un soulagement quand j'entends l'interphone grésiller. Pierce, qui a accepté de surveiller l'accueil pour laisser Kerrie manger un morceau, vient m'annoncer que quelqu'un m'attend à la réception.

Je me précipite vers la porte, je tourne à gauche dans le couloir et je franchis la courte distance jusqu'à la réception. Là, je m'arrête net.

Parce que ce n'est pas Thomas Peterman que je vois.

C'est Gracie.

———

— Gracie, dis-je avant de regarder bêtement autour

de moi, comme si Peterman pouvait se cacher derrière le meuble. Que faites-vous ici ?

— J'aimerais vous engager, dit-elle.

À son intonation, on dirait que je viens de poser la question la plus absurde du monde.

— J'ai vu votre publicité, précise-t-elle. Quelqu'un me harcèle.

Quelqu'un la harcèle ?

Avant que je puisse réfléchir à ce revirement de situation inattendu, j'entends la voix de Kerrie :

— Je retourne à la réception, dit-elle.

Sa voix la précède dans le hall d'entrée.

— Merci d'avoir pris la relève... *Gracie ?*

— Bonjour à vous aussi, répond Gracie.

Son regard alterne entre nous et elle demande, troublée :

— Vous travaillez avec votre nièce ?

— Ta nièce ? fait Pierce avant de tendre le doigt vers Gracie, puis moi. Vous vous connaissez, tous les deux ?

— Nous allons discuter dans la salle de réunion, lui dis-je. Gracie, par ici. Ah, préviens-moi quand mon rendez-vous de dix heures arrive, tu veux bien ?

Kerrie écarquille les yeux. Même si Pierce ne sait pas qui est Gracie, Kerrie vient de comprendre la situation. Je conduis la jeune femme dans le couloir en direction de la petite salle de réunion agrémentée d'une fenêtre, puis je referme la porte. Parce que j'ai envie d'intimité et parce que je ne veux pas entendre l'histoire abracadabrante que Kerrie partage sans doute déjà avec Pierce et Connor.

Je désigne une chaise et elle s'assied. Quant à moi, j'en suis bien incapable. Je reste debout près de la fenêtre en m'efforçant de ne pas faire les cent pas.

— Je n'aurais pas dû venir ? demande-t-elle en se tordant les mains sur ses genoux. J'étais devant la réception quand je me suis rendu compte que c'était vous. J'ai failli ne pas entrer. Vous savez, étant donné la façon dont vous êtes parti hier soir. Je ne savais pas si vous vous en alliez pour de bon ou juste pour la soirée.

— Attendez. Attendez, un instant. Comment ça, vous étiez devant la réception quand vous vous êtes rendu compte que c'était moi ?

Elle passe les doigts dans ses cheveux, faisant rebondir ses boucles dorées. Elle porte une robe à fleurs de style rétro et elle frotte nerveusement ses paumes sur ses cuisses.

— Hier soir, quand vous avez dit que vous travailliez dans la sécurité, j'ai failli vous dire que je comptais engager une société de sécurité pour m'aider. J'avais lu une annonce pour une agence située pile en face de l'hôtel et je me suis dit que j'allais le faire. J'allais prendre des mesures pour me débarrasser de ce connard.

— Vous n'en avez pas dit un mot.

Elle secoue la tête.

— Nous passions un bon moment. Je ne voulais pas casser l'ambiance en évoquant le taré qui me persécute, vous comprenez ? Et je ne voulais pas que vous m'offriez votre aide.

Elle ajoute avec un sourire mélancolique :

— Vous êtes quelqu'un de très bien, Cayden. J'étais sûre que vous le feriez et je ne voulais pas que vous vous sentiez obligé. Alors, j'ai laissé passer. Ensuite, nous sommes retournés à l'hôtel et vous connaissez la suite.

— Et ce matin ?

— Je suis venue ici après le petit-déjeuner. J'étais dans le hall et je regardais la liste des bureaux. Votre nom y figure. Cayden Lyon. C'est à ce moment-là que je me suis rendu compte que c'était la pub de votre société. J'ai failli m'en aller.

— Je suis content que vous ne l'ayez pas fait.

Étant donné les circonstances, je ferais mieux de ne rien dire.

Elle pousse un soupir de soulagement.

— Tant mieux.

— Que se passe-t-il ? Un harceleur ?

Elle hoche la tête.

— Des cadeaux flippants déposés devant ma porte. Des coups de fil. Des lettres furieuses chaque fois que je prends un café avec un homme. Il m'épie.

Elle se tord les mains avant de me regarder dans les yeux.

— Alors, pouvez-vous m'aider ?

Je devrais dire non.

D'un point de vue technique, j'ai en face de moi le joli visage d'un énorme conflit d'intérêts. Mais j'éprouve aussi un soupçon tenace. Je sens qu'il y a quelque chose que je ne saisis pas encore très bien. Alors, je me lance et je dis :

— Oui. Bien sûr, je vais vous aider.

Son visage irradie de soulagement.

— Merci.

— Je vais chercher mes associés et je vous demanderai de me raconter toute l'histoire.

Elle hoche la tête. Moins de cinq minutes plus tard, Connor et Pierce nous ont rejoints et nous sommes tous installés autour de la table. Gracie prend une grande inspiration, puis elle me regarde. La confiance que je découvre dans ses yeux est une véritable leçon d'humilité, et une culpabilité brûlante resserre son nœud coulant autour de mon cœur.

— Allez-y, lui dis-je en me concentrant sur elle afin d'oublier mes états d'âme. Commencez par ce qui vous arrange, mais racontez-nous toute l'histoire.

— Ça dure depuis deux ans environ, dit-elle. Ou plutôt, tout a commencé il y a deux ans. J'ai cru que c'était terminé. Mais il est de retour.

— Qui ?

Elle secoue la tête.

— Il est grand et maigre, avec des cheveux noirs. Je... je le vois quelquefois. Il m'observe. À Los Angeles, où tout a commencé, nous l'avons identifié sur une vidéo de caméra surveillance, dans mon immeuble. Mais nous n'avons pas son visage. Son dos. Il...

Elle passe la langue sur ses lèvres.

— Il m'épiait par la fenêtre pendant mon sommeil.

Elle frissonne, ce qui est bien compréhensible.

— Quand il m'envoie des choses, des fleurs ou des chocolats, il signe toujours *Ton amour véritable*. Et sur mon compte Instagram, c'était son nom de compte. Je l'ai bloqué, mais il revient sous des noms différents, en utilisant toujours le hashtag *TAV*. Je ne peux pas le prouver, mais je sais que c'est lui.

— Avez-vous votre téléphone ? demande Connor. Pouvez-vous nous montrer ?

Elle hoche la tête et ouvre l'application sur son

téléphone avant de le lui passer. Il déroule la page, les sourcils froncés.

— Beaucoup de commentaires d'hommes – et beaucoup de lui. C'est osé, ajoute-t-il en nous regardant, Pierce et moi. Et possessif.

Elle acquiesce et il poursuit son exploration.

— Rien de votre part. Aucune réponse ?

— Non. Il y a quelques années, j'interagissais avec mes fans. Maintenant, beaucoup moins. Je reste sur les réseaux sociaux, car c'est un outil, mais je suis essentiellement hors ligne.

— Et des messages privés ? demande Pierce.

— Beaucoup. Quatre-vingt-dix pour cent du temps, c'est de sa part. Je ne peux pas le bloquer, car il ne cesse de créer de nouveaux comptes.

— Obsessionnel, dis-je. L'obsession peut être dangereuse. Est-ce pour cela que vous avez quitté Los Angeles ?

Elle hoche la tête.

— La police compatissait, mais ils ne faisaient aucun progrès. Un jour, il est entré par effraction dans mon appartement, ou du moins je crois que c'est lui. J'ai pris la décision de déménager.

— Pourquoi pensez-vous que c'est lui ? demandé-je. Un pressentiment ? Ou a-t-il laissé des indications spécifiques ?

— Il n'a rien pris à l'exception de mes sous-vêtements. Toutes les culottes que je possédais.

Un frisson la parcourt et elle referme ses bras autour de son buste.

— Alors, j'ai emménagé ici. Ma tante habitait ici avant sa mort. Je lui rendais visite l'été. J'ai toujours adoré Austin et j'en avais assez de Los Angeles. Il faut dire qu'il me l'avait gâché. Alors j'ai fait mes valises et je suis partie.

— Mais vous êtes restée sur les réseaux sociaux, ajoute Connor.

— J'ai un métier et c'est nécessaire quand on est mannequin. Mais je ne poste plus aucune indication de lieu. À moins que ce soit hors de la ville. Je me suis dit : qui sait, ça le mettra peut-être sur une fausse piste.

Elle se renfrogne.

— Ça a fonctionné pendant environ un an. Mais je dois avoir fait un faux pas quelque part, parce qu'il est ici. Je suis certaine qu'il est ici.

— Oui, dis-je.

J'ai la nausée, mais je sais que je vais devoir tout avouer.

— Il est ici.

CHAPITRE NEUF

— MAIS DE QUOI PARLEZ-VOUS ? demande Gracie. Comment le savez-vous ?

— Une intuition, dis-je. Je voudrais vous montrer quelque chose.

Je rejoins la porte, leur tournant le dos.

— Sortie sur le terrain. Suivez-moi.

Tous trois ont l'air sidérés, mais je ne suis pas d'humeur à m'expliquer. Je sors et ils me suivent. Je les conduis comme une portée de canetons jusqu'au sous-sol. Connor et Pierce échangent des coups d'œil intrigués, mais Gracie fronce les sourcils. Le front plissé, elle croise les bras sur sa poitrine.

Quand nous atteignons la porte donnant sur le local de surveillance, je frappe à deux reprises, puis j'entre. L'un des avantages de travailler dans la sécurité, c'est que l'on a tendance à se lier d'amitié avec l'équipe du bâtiment. Leroy est assis devant les écrans qui montrent le hall d'entrée, le coin des ascenseurs à chaque étage et la cage d'escalier, dans un enchaînement d'images.

— Cayden, messieurs, et madame. Qu'y a-t-il ?

— J'ai besoin d'un service. Le hall. Vers dix heures. Pouvez-vous nous montrer la vidéo ?

— Bien sûr. Que cherchons-nous ?

— S'il est là, nous le saurons.

Gracie s'avance derrière moi.

— Vous croyez vraiment qu'il...

— Nous allons le savoir.

Sous nos yeux, Leroy lance la vidéo correspondante et revient en arrière. Nous découvrons un plan large du hall d'entrée, y compris la liste des noms sur le mur. Les gens vont et viennent, puis Gracie apparaît et se dirige vers l'écriteau.

— Là, dis-je en tendant le doigt vers l'homme maigre qui franchit la porte vitrée.

En la voyant, il s'arrête net. Pendant une seconde, je crois qu'il va tourner les talons et s'en aller, mais il reste en place, les yeux rivés sur Gracie.

Elle ne se rend compte de rien et s'oriente vers l'ascenseur, quittant le champ de la caméra.

— Vous voulez que je suive la fille ? demande Leroy.

— Non. Pouvez-vous zoomer sur le visage de l'homme ?

Leroy penche la tête.

— Vous connaissez le proprio ? Nous avons déjà de la chance que la vidéo enregistre.

Je fronce les sourcils. Même s'il télécharge l'image, je doute pouvoir obtenir un grain assez net pour découvrir le visage du harceleur. Avec un agrandissement, ce sera beaucoup trop pixélisé.

Sur la vidéo, l'homme se retourne et se précipite vers la porte.

— Faites un arrêt sur image, dis-je avant de me tourner vers Gracie. À votre avis ? Le même type qu'à Los Angeles ?

— Je ne sais pas. Je crois. Probablement. Mais comment avez-vous...

— Il a vu que vous étiez ici. Il s'est dit que j'avais tout compris. Alors, il s'est enfui sans demander son reste. En tout cas, c'est ce que je devine.

— Il... répète-t-elle d'une voix méfiante, en reculant d'un pas. Qui ça, il ?

— Il s'est présenté sous le nom de Thomas Peterman. Il m'a engagé, lui dis-je sur un ton monocorde. Il m'a engagé pour prouver que sa fiancée était infidèle.

— Oh, mon Dieu.

J'entends à peine ses mots. Elle resserre la main sur son ventre.

— C'est pour ça que...

Elle se détourne et je vois Connor et Pierce nous regarder, l'un et l'autre, avec un mélange de stupeur et de compassion.

— Et si nous remontions ? propose Pierce, mais Gracie secoue la tête.

— Non. Non, je crois que je vais partir.

Son regard se plante dans le mien.

— J'ai besoin de... de m'en aller. Je dois sortir d'ici.

Elle se rue vers la porte et je m'apprête à la suivre, mais les gars me retiennent.

— Donne-lui du temps, dit Pierce. Et laisse-moi lui parler. Je ne crois pas qu'elle soit d'humeur à voir ton joli minois.

Je dégage mon bras.

— Je dois lui expliquer. Je dois lui dire ce que...

— Quoi ? demande alors Connor, et je me rends compte que j'allais ajouter : *Ce que je ressens.*

Cette révélation m'impose le silence. Parce que la vérité, c'est que je ne pense absolument pas à Peterman, mais à moi-même. Et à Gracie. À ma peur intense de l'avoir perdue à jamais alors que je viens à peine de la rencontrer. Bon sang, mais d'où ça sort ?

— D'accord, dis-je, plus calme. Remontons.

— Oui. Venez.

Ils ouvrent la porte et je les bouscule pour passer, avant de me précipiter dans les marches vers le hall d'entrée. L'entrée de l'immeuble donne sur Congress, et je franchis la porte en trombe, tournant à gauche sur la Sixième. Je marque une pause, balayant la rue du regard à la recherche de Gracie. Le Driskill se trouve de l'autre côté de la rue, à un pâté de maisons d'ici. Je suis certain qu'elle est partie dans cette direction. Il faut vraiment que je lui parle. Je ne la vois pas, mais au moins, je connais son numéro de chambre. Je m'élance à petites foulées.

C'est à ce moment que je le vois. Il sort à la hâte d'un recoin et se rue vers un groupe de piétons qui attendent que le feu passe au rouge. J'aperçois ses cheveux blonds et, l'espace d'un instant, je prends conscience qu'il a l'intention de la pousser dans la circulation.

— *Gracie !* m'écrié-je.

Peterman et Gracie se tournent en même temps vers moi. Elle écarquille les yeux et s'écarte du groupe, se mettant du même coup en sécurité. Même s'il la pousse maintenant, elle n'atterrira pas sur la rue. Mais elle sera quand même plaquée contre le camion de livraison qui occupe la zone de déchargement.

Pourtant, il ne s'en prend pas à elle. Au lieu de

ça, il détale en direction de l'est, esquivant les piétons et zigzaguant entre les voitures, traversant la Sixième sans prêter attention aux crissements de freins. Il s'engage précipitamment dans une rue transversale et disparaît dans une ruelle. Quand je débouche à l'angle, il n'y est plus.

Je pousse un juron avant de retourner au coin de la rue où j'ai laissé Gracie, pour constater qu'elle a disparu, elle aussi.

Cette fois, je m'exclame à haute voix. Je ne veux pas la laisser seule. Soudain, j'entends mon prénom. Lorsque je me retourne, elle est adossée contre la façade du Littlefield Building. Ses larmes ont fait couler son maquillage.

— Essayait-il de me tuer ?

— De vous faire du mal, c'est certain. De vous tuer, peut-être.

Elle hoche la tête.

Je fais un pas vers elle. Elle se recroqueville contre la pierre. Je suis pétrifié et je me sens minable.

— Je connais beaucoup de personnes dans le métier. Des hommes talentueux. Dévoués. Ils pourraient tous vous protéger, vous aider à retrouver ce type. Et moi, j'aiderai du mieux possible le professionnel que vous choisirez.

Une fois de plus, elle acquiesce en réfléchissant.

— Voulez-vous revenir au bureau avec moi ?

Nous pourrions passer quelques appels. Ou dans votre chambre d'hôtel. Je ne vous laisserai pas toute seule, alors vous êtes coincée avec moi tant que nous n'aurons pas trouvé quelqu'un d'autre.

— Et si je ne voulais personne d'autre ?

Sa voix est si basse que je crains d'avoir mal entendu.

— À moins que vous ne vouliez pas ?

— Vous êtes sérieuse ? demandé-je. Je pensais que vous ne voudriez pas de moi.

Elle hausse une épaule et s'avance d'un pas.

— Le jury délibère toujours, mais peut-être. Je ne sais pas. Commencez par tout me dire et nous partirons de ce point-là.

— Je vais le faire. Je crois que je peux même tout vous expliquer en chemin.

— En chemin vers où ?

— Le cabinet juridique Kleinman, Camp & Richman.

— Pourquoi y allons-nous ?

— Nous allons rendre visite à monsieur Thomas Peterman.

———

Kleinman, Camp & Richman occupe tout le sixième étage de la Frost Bank Tower, située sur Congress

Avenue entre la Quatrième et la Cinquième. Ce n'est pas loin de l'intersection où Gracie a failli mal finir entre les mains de Peterman, mais nous n'allons pas nous y rendre immédiatement.

D'abord, nous passons chez Starbucks.

— J'ai besoin de ma dose de caféine, lui dis-je quand elle proteste.

En réalité, je tiens surtout à lui donner du temps pour reprendre son souffle avant que nous allions, je l'espère, mettre au pied du mur l'homme qui la harcèle.

J'aimerais aussi laisser à mon ami Landon le temps d'arriver. Inspecteur du département de police d'Austin, Landon Ware est un policier sérieux doté d'un excellent sens du relationnel. Si quelqu'un dans la police peut mettre Gracie à l'aise, c'est bien lui. J'aimerais qu'il nous rejoigne avant que nous allions retrouver ce connard chez Kleinman.

J'attends aussi une capture d'écran des caméras de vidéosurveillance du hall de notre immeuble, ce que Leroy a promis de m'envoyer tout de suite, dès qu'il aura trouvé la meilleure image possible.

Plus important encore, j'ai envie de lui expliquer comment Peterman est devenu mon client. Je tiens à le faire alors que nous sommes assis à une table et non en train de marcher dans la rue. Je veux voir son visage quand je lui exposerai tous les détails, et ses yeux quand je reviendrai sur les moments que nous avons passés ensemble.

— Alors, c'est pour ça que vous étiez au bar ce soir-là, dit-elle une fois que je lui ai tout raconté. Vous faisiez votre surveillance.

Je hoche la tête.

— D'abord, j'ai cru que vous draguiez le barman, lui dis-je.

Elle éclate de rire. C'est bon signe.

— Et quand vous m'avez accompagnée dans ma chambre, ça faisait partie de votre travail.

— Non. Pas du tout.

— Et le Fix ?

— Non.

J'ai prononcé ce mot avec plus d'emphase que nécessaire.

— C'était une pure coïncidence. Complètement imprévu.

— Vous ne pensiez pas du tout à votre mission ?

Je me frotte les tempes.

— Ce n'était pas prévu. J'ai passé un excellent moment avec vous. Enfin, Gracie, je voulais...

— Quoi ?

— Vous, dis-je audacieusement.

J'avais l'intention d'éviter cet aveu. Mais après tout, autant viser haut !

— Oh. Je... eh bien, d'accord.

Je ne sais pas vraiment comment interpréter cela, mais je ne lui pose aucune question. Je préfère me raccrocher à mon fantasme, l'idée que nous allons réussir à oublier mon erreur monumentale et retourner dans le monde où elle me désirait, elle aussi.

Elle fronce les sourcils et je me demande pendant une seconde si ce plan n'a pas déjà volé en éclats. Enfin, elle croise mon regard et demande :

— Et la séance photo ?

— C'est Peterman qui m'en a parlé.

— Je m'en doutais. Mais comment le savait-il ?

— À ce moment-là, je pensais que vous le lui aviez dit. Vous avez peut-être publié quelque chose à ce sujet sur les réseaux sociaux ?

Pourtant, je sais qu'elle est bien trop prudente pour cela.

— Je crois que nous le lui demanderons quand nous le verrons.

Alors que je parle, mon téléphone émet un tintement et je baisse les yeux pour découvrir que Leroy m'a envoyé l'arrêt sur image. Des munitions supplémentaires dans notre escarcelle.

— Ah, voici Landon, dis-je en agitant la main.

Nous avons choisi une table près de la vitrine et je signale notre présence au grand inspecteur à la peau noire qui vient de faire son entrée. Avec son crâne rasé de frais et un soupçon de barbe, il n'a pas l'air commode. Cependant, ses yeux sont doux. Dès que je le présente à Gracie, je me rends compte que son assurance et son attitude la tranquillisent.

— S'il est là-bas, vous allez l'arrêter.

— Si nous l'arrêtons, le chronomètre se déclenchera et nous devrons très vite l'interroger. Êtes-vous prête à témoigner ?

— Oh oui, répond-elle.

— Et toi ? me demande-t-il.

— Cayden peut témoigner contre lui ? s'exclame-t-elle. Mais Peterman l'a embauché. N'est-ce pas considéré comme un conflit d'intérêts ?

— Il m'a entraîné dans ses projets criminels sans que je le sache, lui dis-je. Je peux en témoigner. Et je ne me ferai pas prier.

— Oh.

Elle se redresse sur son siège et nous sourit.

— Alors, c'est formidable. On y va ? demande-t-elle en jetant un œil vers la porte, avant d'ajouter à l'attention de Landon : Pourrez-vous l'arrêter tout de suite ?

Landon croise mon regard, un sourire aux lèvres, puis il reporte son attention sur elle.

— Allons-y, dit-il.

Aussitôt, nous nous mettons en route.

Lorsque nous atteignons le hall de réception

silencieux du cabinet, aux boiseries vernies, Landon s'adresse à la jolie fille derrière le bureau. Il lui montre son badge et, devant les yeux étonnés de la réceptionniste, lui demande à voir M. Thomas Peterman.

— Oh. Mais, oh. Attendez, je vous prie.

Elle décroche un téléphone, murmure dans le combiné et sourit à Landon.

— Madame Clairmont arrive tout de suite.

Gracie et moi nous tenons quelques pas en arrière et j'ai envie d'objecter que nous ne voulons pas Mme Clairmont. Quelqu'un ne devrait pas bloquer l'escalier de service ? Mais Landon semble serein et je me détends, posant une main protectrice dans le dos de Gracie.

Elle lève la tête en s'écartant, et ma main retombe le long de mon corps.

Apparemment, nous avons établi une trêve. Absolument rien de plus. Cette réalité me plombe l'estomac, mais bientôt, mon attention est détournée par l'arrivée d'une femme suffisamment âgée pour connaître l'écriture en sténo.

— Je suis madame Clairmont, nous dit-elle. Comment puis-je vous aider ?

— Travaillez-vous avec monsieur Peterman ? demande Landon. Nous aimerions le voir.

Une fois de plus, il montre son badge.

— J'ai bien peur que ce soit urgent.

— Oh, mon Dieu.

Un léger *tsk-tsk* franchit ses lèvres.

— Je peux l'appeler, bien sûr, mais il est à Dallas pour des dépositions. Je pense qu'il pourrait revenir plus tôt que prévu.

Je m'avance.

— Depuis combien de temps est-il à Dallas ?

— Plusieurs jours. Je suis désolée, de quoi s'agit-il au juste ?

Landon rencontre mon regard et je devine la question dans ses yeux. Je sors mon téléphone, affiche l'image extraite de la vidéo et je lui tends l'appareil.

— Est-ce monsieur Peterman ?

— Oh, mais non ! Excusez-moi, je suis encore très confuse. Je crois qu'il s'agit de l'un des employés de bureau.

— Vraiment ? fait Landon. Pourriez-vous lui demander de venir ?

— Eh bien, je...

Elle s'interrompt en montrant la photo à la réceptionniste.

— Je ne me rappelle pas son nom. Et vous ?

La jeune femme secoue la tête. Je décide de lui envoyer la photo par email afin qu'elle la transmette au service des archives. Moins de cinq minutes plus tard, nous obtenons une réponse. *Daniel Powder.* Et ça fait plus d'une semaine qu'il n'est pas venu travailler.

Il n'est pas non plus passé à son appartement, un petit studio miteux près de l'aéroport.

— Daniel Powder était également un faux nom, nous explique Landon lors du dîner, quelques heures plus tard. Je suis désolé, mais votre type a disparu dans la nature.

CHAPITRE DIX

— MERCI, me dit-elle lorsque nous arrivons dans sa chambre au Driskill. Je vais fermer la porte à clé, tout allumer et j'espère que je réussirai à dormir.

Nous sommes seuls tous les deux. Landon nous a quittés après le dîner. Je lui prends la carte magnétique des mains, je me penche pour ouvrir la porte et l'inviter à entrer.

— Je peux aussi vous demander d'inspecter les lieux avant que je me couche, ajoute-t-elle.

— C'est exactement ce que je vais faire. Mais vous devez prendre une décision.

— Ah bon ?

Elle s'installe sur le sofa de la salle de séjour, dans sa petite suite, et serre un coussin contre son cœur.

— Je peux dormir ici, sur votre canapé, ou nous pouvons appeler Pierce ou Connor et ce sont eux qui passeront la nuit ici. Mais vous ne resterez pas seule.

— Je suis dans un hôtel. Je ne pense pas qu'il connaisse mon numéro de chambre.

— Vous n'avez pas de balcon, alors s'il entre, il vous sera impossible de sortir. Et il sait pertinemment que vous séjournez ici. Nous pourrions vous faire changer d'hôtel, mais je vous demanderais quand même d'accepter quelqu'un avec vous. Il vous a agressée. Il a essayé de vous tuer. Dans son esprit malsain, il croit que vous l'avez éconduit. Il est dangereux, Gracie.

— Je sais, je sais. Mais... et si nous ne l'attrapions jamais ? J'ai une maison. Une vie. Je ne peux pas déménager perpétuellement. Je ne veux pas...

Je me redresse et prends ses mains dans les miennes. À mon grand soulagement, elle ne les retire pas. Au contraire, elle les serre.

— Nous le trouverons, lui dis-je. Nous le pincerons. Nous l'arrêterons.

Elle lève ses yeux voilés par la peur.

— C'est promis ?

Je me penche sans réfléchir, pris d'une envie de sceller ces mots par un baiser, mais je me retiens et hoche la tête, comme si tout était normal.

— Je vous le promets.

— Alors dans ce cas, vous voulez bien rester ?

J'essaie de ne pas lui montrer qu'intérieurement, je danse de joie.

— Vous en êtes sûre ?

Elle acquiesce.

— Je vous aimais bien.

Je remarque son emploi du passé et je m'efforce de ne pas grimacer.

— Et c'est encore le cas, ajoute-t-elle, faisant éclore mon sourire.

— Tant mieux, lui dis-je. Parce que moi aussi, je vous aime bien.

— Quand même, vous vous êtes comporté comme un connard.

— Peut-être. J'ai cru que c'était lui, le gentil. Mais quand j'ai appris à vous connaître, vous ne correspondiez pas à l'image que je me fais d'une menteuse infidèle...

— C'est une image que vous conservez dans un coin de votre cerveau ?

— Bien ancrée, je l'avoue. Depuis un moment maintenant.

Elle me dévisage.

— Vous voulez bien me dire pourquoi ?

Je réfléchis avant de secouer la tête.

— Non. Je crois que nous devrions commander

du sundae au brownie au service d'étage, boire du vin et regarder un film.

— Ah oui ?

— Pourquoi employez-vous ce ton ?

Elle a l'air plutôt perplexe, mais heureuse pour la première fois de la journée.

— Parce qu'en ce moment, c'est précisément l'idée que je me fais du paradis.

Bien décidé à la rendre heureuse – et à me rattraper pour ces deux derniers jours –, je passe la commande, consulte la liste des films disponibles et organise la soirée. En moins d'une heure, nous sommes tous les deux sur le canapé, les restes d'un énorme sundae au brownie sur la table basse devant nous et *Arsenic et vieilles dentelles* à l'écran, film choisi dans la collection de classiques du système de location de l'hôtel. Comme je suis un grand fan des classiques – Connor et moi avons pratiquement été élevés par Cary Grant –, j'ai été ravi d'apprendre que c'était l'un des préférés de Gracie.

À un moment donné, alors que Grant se livre à un numéro particulièrement comique, je me tourne vers Gracie pour voir si elle s'amuse et je la surprends en train de me regarder.

— Que... commencé-je sans terminer ma phrase.

— Tu as quelque chose, dit-elle en essuyant le

coin de sa bouche. Des miettes de brownie, sans doute.

Je me frotte les lèvres, mais apparemment je me trompe de côté, car elle éclate de rire avant de passer son pouce de l'autre côté de ma bouche.

Ce n'est que son pouce contre mes lèvres, mais on dirait qu'un courant électrique me traverse. Je suis certain qu'elle s'en est rendu compte, elle aussi, car elle me regarde avec une telle expression de stupeur et de désir que ce serait presque drôle si je n'avais pas une envie folle de l'embrasser. Je suis ici pour la protéger. C'est un terrain glissant. Je ne veux pas en profiter, insister, ni...

Oh, et puis merde.

— Gracie.

Le désir rend ma voix rocailleuse. Je pose ma main sur la sienne, maintenant son pouce en place. Son regard croise le mien et j'y cherche une hésitation, même infime. Enfin, je tourne la tête, un tout petit peu, juste assez pour poser un baiser sur son pouce.

Le doux bruit de son soupir me monte à la tête, m'embrasant les sens.

Je soutiens son regard, prêt à m'arrêter à tout moment, et je glisse son pouce dans ma bouche pour le sucer, le goûter, avec une infinie lenteur.

Quand elle rejette la tête en arrière – lorsque je

vois ses tétons durcir sous sa robe et à travers son soutien-gorge, lorsque son gémissement de plaisir se répercute directement entre mes jambes –, je sais qu'elle ne réclamera pas d'interruption.

Elle murmure :

— Oh, mon Dieu, oui.

Aussitôt, je passe la main derrière sa nuque tout en savourant son pouce sur ma langue, le goût délicieusement salé de sa peau.

— Gracie, dis-je à mi-voix.

En cet instant, je n'y tiens plus. Je dois absolument retrouver le goût de ses lèvres.

Je change de position sur le canapé et avance mon corps sur le sien, une main posée au niveau de la taille de la robe qu'elle porte. C'est un vêtement boutonné de l'ourlet jusqu'au décolleté, avec une épaisse ceinture à la taille, juste sous ma paume. Mon autre main est derrière sa tête, mes doigts dans ses cheveux. Je la retiens tout en me soulevant, juste assez pour contempler la femme qui halète sous mon corps.

— Tu es tellement jolie, dis-je.

Son visage s'illumine et ses fossettes apparaissent comme par magie.

Elle a une main derrière mon cou et son pouce caresse ma peau. Je suis intensément conscient de cette caresse sur ma joue, de cette connexion.

Lentement, mes doigts s'aventurent vers les boutons entre ses seins. J'ouvre le premier, puis j'hésite pour lui laisser l'occasion de m'arrêter. Elle se mord la lèvre et ferme les yeux tandis que je détache les quatre suivants. Le haut de sa robe s'ouvre enfin, révélant la poitrine parfaite qui déborde d'un soutien-gorge en coton rose. Je remarque avec intérêt que son fermoir se trouve devant.

Je laisse courir mon doigt sur le V formé par les contours de son soutien-gorge, traçant une ligne sur sa peau chaude, avant de descendre vers l'attache pour remonter lentement sur la courbe de son autre sein. Le coton fin me révèle le téton qui pointe sous sa couverture rose.

Sa peau est colorée, ses lèvres entrouvertes et elle a la tête penchée en arrière, exposant la peau claire et lisse de son cou.

— Gracie, murmuré-je. Regarde-moi.

C'est ce qu'elle fait. Je découvre la chaleur dans ses yeux couleur océan.

— Je vais t'embrasser, lui dis-je.

Elle acquiesce. Impatientes, ses lèvres s'entrouvrent. Mais je suis taquin et je prends le temps de jouer avec elle, approchant ma bouche de sa poitrine, déposant un chemin de baisers le long de sa peau, au bord du bonnet. Elle gémit et je me demande combien de temps je pourrai continuer ainsi à l'attiser. C'est une vraie torture pour moi.

Avec audace, j'oriente mes baisers et referme les lèvres sur son téton, aspirant le coton dans ma bouche. Sous mes dents prudentes, le renflement charnu durcit.

Enfin, je n'y tiens plus. Du bout des doigts, je baisse le bonnet. Elle se cambre et un *s'il te plaît* étranglé franchit ses lèvres, suivi par un gémissement grave de plaisir lorsque je prends son sein nu dans ma bouche, le suçant comme pour la boire. La consumer. L'attirer tout entière en moi.

Oh, oui, c'est exactement ce que je désire.

Mon autre main joue avec son sein. Mon désir prend rapidement le dessus et je dégrafe son soutien-gorge, l'exposant complètement. À regret, je la libère de ma bouche et je recule pour la contempler. Elle est nue jusqu'à la taille, sa peau est empourprée, ses lèvres rouges et gonflées d'avoir été mordillées. Ses cheveux s'étalent sur le coussin et un désir sombre brûle dans son regard.

— Cayden, dit-elle.

Ce n'est que mon prénom, et pourtant c'est une requête. Un ordre, que je suis avidement. Cette fois, je prends possession de sa bouche, ma paume sur son sein. Nos langues se défient. Mes doigts se referment sur son téton tandis que nos langues se découvrent et se taquinent. Je suis perdu dans un brouillard sensuel. Tout en dévorant sa bouche, je laisse vagabonder ma main, de plus en plus bas. Mes doigts soulèvent le tissu en coton de sa robe, révélant ses cuisses lisses.

Son roucoulement de plaisir, grave et suave, m'encourage. Je remonte lentement, glissant le long de sa cuisse, jusqu'à atteindre sa culotte. Elle étouffe un gémissement et décolle les hanches en signe d'invitation. Avec délicatesse, je caresse le bord du tissu, effleurant sa peau tendre du bout des doigts.

Elle murmure mon prénom, mais je la fais taire par un nouveau baiser, aspirant sa lèvre inférieure tout en glissant un doigt provocant sous la bande élastique, impatient de sentir sa moiteur.

Un son monte de sa gorge et elle change de position. Surgie de nulle part, sa main se referme sur la mienne. Elle retient mes doigts, hors de portée du paradis, et elle prononce le mot que je n'attendais vraiment pas :

— Non.

Elle écarte ma main et referme les cuisses.

— Je suis désolée.

Elle se détourne, manifestement gênée. Étonné, je la regarde s'asseoir et boutonner sa robe.

— Je suis vraiment désolée, répète-t-elle en évitant mon regard, s'avançant au coin du canapé.

J'hésite, encore sidéré, avant de prendre conscience qu'elle craint de m'avoir fâché.

Ça alors.

— Gracie, dis-je avec douceur. Ce n'est pas grave.

— C'est vrai ? Tu ne m'en veux pas ?

Je secoue la tête.

— J'avoue que je suis déçu, mais le non a toujours une raison. Je ne veux rien faire si tu n'es pas à l'aise. Ça me plaît uniquement si ça te plaît aussi.

Son sourire revient, effaçant sa gêne mêlée d'une pointe d'appréhension.

— Merci, dit-elle avant de baisser les yeux sur ses mains. C'est... euh, ce n'est pas toi.

Elle lève la tête et me regarde droit dans les yeux. Une rougeur se propage sur ses joues lorsqu'elle dit :

— J'aimais ce que tu faisais. Tout ce que tu faisais. Et j'ai très envie de... plus.

— Je suis content de le savoir.

Comme je suis diabolique et irrécupérable, je demande :

— Quel genre de plus, par exemple ? Je voudrais mieux comprendre.

Elle esquisse un sourire.

— Tout, dit-elle.

Je constate avec bonheur que sa voix n'est plus aussi hésitante.

— Ce soir, c'est… c'est trop tôt. Je te connais à peine.

Évidemment, elle a raison. Mais lorsqu'elle se lève du canapé et se dirige vers la chambre attenante, je ne peux m'empêcher de penser que j'ai l'impression de la connaître depuis toujours.

Je réfléchis encore à la forte connexion que j'éprouve quand elle s'appuie contre le chambranle de sa porte.

— As-tu besoin de la salle de bain avant moi ?

Je secoue la tête. C'est le seul défaut d'agencement que je reproche à l'hôtel – pour aller dans la salle de bain, un invité dans le salon doit passer par la chambre.

Elle hoche la tête, puis ferme sa porte, me laissant seul avec le souvenir de sa peau sous mes doigts et son goût dans ma bouche. *Trop tôt.*

Pour moi, ce n'était pas trop tôt.

Quelques minutes plus tard, elle rouvre sa chambre et réapparaît dans l'encadrement de la porte. Elle a enfilé l'un des peignoirs de l'hôtel par-dessus sa nuisette à longueur de genoux.

— Il y a un autre peignoir dans le placard et une couverture de rechange. Sers-toi. Je vais laisser cette porte ouverte pour que tu puisses aller dans la salle de bain quand tu voudras.

— Tu vas te coucher ?

Elle acquiesce.

— Longue journée. Alors, bonne nuit, Cayden.

— Bonne nuit, Gracie.

J'attends qu'elle éteigne, puis je traverse sa chambre pour rejoindre la salle de bain en récupérant le peignoir au passage. Je m'interromps juste assez longtemps pour la regarder. Elle dort déjà, éclairée par le fin rayon de lumière qui filtre à travers les rideaux.

Quelques minutes plus tard, je suis de retour sur le canapé seulement vêtu de mon boxer. Le peignoir est sur le dossier d'une chaise et je me suis allongé contre les coussins, la couverture sur moi. Je viens de fermer l'œil quand j'entends sa voix :

— Cayden ?

Je lève les yeux pour la découvrir, debout devant sa porte.

— Tout va bien ?

— Je ne veux pas être seule.

— Tu n'es pas seule. Je ne pars pas.

— Non, je veux dire...

— Veux-tu que je vienne dormir avec toi ? dis-je avec douceur. Je te promets de me comporter convenablement.

— Non. Mais je peux rester avec toi un moment ? Nous pourrions peut-être regarder un autre film.

— Bien sûr.

Je me redresse pour lui laisser la moitié du canapé. Elle vient s'asseoir, de côté, ses pieds sur mes genoux. À un moment donné, pendant *L'Impossible Monsieur Bébé*, nous dérivons tous les deux dans le sommeil.

CHAPITRE ONZE

JE SUIS de retour dans le désert. Des tirs de mortier retentissent autour de nous. Maintenant, mes jambes sont tout aussi inutiles que mon œil. Chez nous, à la maison, Gracie est au lit avec un étudiant. J'ai envie de lui crier de ne pas le faire. De ne pas gâcher tout ce que nous pourrions vivre, et je...

Je me réveille en sursaut, brusquement réveillé, pour découvrir la suite coquette autour de moi. Il n'y a ni fumée, ni sang, ni sable, ni soleil de plomb. Mes jambes vont bien, sous celles de Gracie, dans la même position que nous avions lorsque nous nous sommes endormis hier soir.

Elle est mal installée sur le canapé, elle aussi. Quand je bouge pour tenter de me dégourdir les muscles, ses paupières s'ouvrent en frémissant.

— Désolé, murmuré-je. Je ne voulais pas te réveiller.

— Ce n'est rien.

Elle s'étire et bâille, puis elle passe les doigts dans ses cheveux. Elle est absolument délicieuse et je suis très tenté d'embrasser ses lèvres douces et rebondies, reprenant là où nous nous sommes arrêtés.

— Oh, zut, dit-elle. Il est huit heures passées. Je dois être au nord d'Austin à onze heures.

Et voilà mon occupation de la matinée.

Elle se redresse en se massant le cou, mais elle s'interrompt quand je prends la relève et entreprends de pétrir ses muscles raides.

— Heureusement que je n'ai pas de séance photo aujourd'hui, sinon ils auraient droit à un vrai bretzel humain.

— Ce n'est pas une séance ? demandé-je en reportant mon attention sur son cou.

Elle gémit de plaisir. C'est le genre de bruits que j'adorerais entendre, nu avec elle, mais je vais devoir m'en contenter. Du moins, pour le moment.

— Quel est ce rendez-vous ?

— C'est un établissement éducatif où je travaille. Enfin, en quelque sorte.

Je ne sais pas si *en quelque sorte* se rapporte à la nature éducative de l'établissement ou à son emploi.

— Oh, oui, ici. C'est parfait.

Elle soupire.

— Ça va aller. Les courbatures auront disparu d'ici là. Tu viens déjà d'en atténuer la plupart, merci beaucoup.

— Sinon, je serai ravi de te masser le cou n'importe quand, n'importe où. Sois-en certaine.

Elle me dévisage en fronçant les sourcils.

— Tu m'accompagnes aujourd'hui ?

— Mission de sécurité, tu as oublié ? Considère-moi comme ton esclave surprotecteur.

— Alors, tu restes vraiment. Je croyais qu'hier soir...

— Tu as cru que c'était juste pour une nuit ?

— Eh bien, oui. Si on veut.

Je me déplace pour prendre son menton dans ma main.

— Je suis un vrai pot de colle, lui dis-je avec douceur. Tant que nous n'aurons pas tiré cette affaire au clair, je suis ton garde du corps et masseur personnel.

Elle éclate de rire.

— J'ai trop peur pour protester. Mais je crois que ce soir, je dormirai dans mon lit. Mon cou ne supportera pas plusieurs nuits comme ça.

Le mien non plus, mais je ne dis rien. Sa chaleur

me manque déjà et j'en oublie mes muscles endoloris.

— Toi aussi, tu dois être raide ce matin.

En parlant, elle baisse les yeux sur mes cuisses et je ne peux m'empêcher de rire en la voyant virer au rouge pivoine.

— Oh, mon Dieu. Ce n'était absolument pas volontaire, s'exclame-t-elle.

— Eh bien, c'est vrai, dis-je en m'efforçant de garder mon sérieux. J'aurais bien besoin de... soulager la tension.

À présent, elle rit franchement.

— Bon, tu as tout gâché. J'allais te proposer de dormir sur un vrai matelas, mais ce sera le canapé pour toi, monsieur.

— Tu allais m'inviter dans ton lit ?

— Oui, c'était l'idée. Mais oublie, maintenant, je pense plutôt à une serviette par terre...

— J'accepte, dis-je. Le lit. Pas la serviette.

— Trop tard. J'ai résilié cette offre.

Je croise son regard.

— Merci, dis-je avant de me pencher pour l'embrasser avec tendresse.

— Oh, non... se lamente-t-elle lorsque j'interromps le baiser.

— Un problème ?

— Je regrette d'avoir des choses à faire, un endroit où aller, dit-elle.

— Nous devons nous dépêcher, ajouté-je. Nous avons un arrêt à faire au sud du fleuve avant ton rendez-vous de onze heures. Nous allons traverser la ville, mais nous y arriverons.

— Avons-nous le temps de descendre prendre le petit-déjeuner ? Comme nous sauterons le déjeuner.

— Ce sera serré. Bien sûr, nous pourrions économiser du temps et de l'eau en prenant notre douche ensemble...

— Je vais faire vite, dit-elle avec un sourire suffisant, avant de se ruer dans l'autre pièce, me laissant seul à rêver à son corps nu enduit de savon.

J'ai bon espoir que ce soir ou demain, je pourrai faire de ce rêve une réalité.

———

— Encore du café ?

Le serveur du restaurant au rez-de-chaussée me tend l'addition, mais c'est directement à Gracie qu'il s'adresse. Sa main qui tient la cafetière tremble un peu.

— Voulez-vous une tasse à emporter ?

— Non, ça va. J'en ai assez bu. Mais c'est très gentil de me le proposer.

— Oh, mais de rien, Mademoiselle Harmon.

Âgé d'une petite vingtaine d'années, il est en admiration devant la star.

— Le petit-déjeuner était excellent, dis-je en lui rendant le porte-addition, dans lequel j'ai glissé le reçu de carte de crédit signé. Je crois que nous avons terminé.

— D'accord. D'accord. Je sais que je ne devrais pas le demander, mais je suis fan de vous depuis vos débuts à Los Angeles. Je trouve ça tellement cool que vous soyez à notre hôtel. Vous êtes à Austin pour une séance photo ?

— Pour peu de temps, dis-je sans laisser à Gracie le loisir de répondre. Ensuite, elle rentre chez elle.

— Où ça ? demande le serveur.

Cette fois, Gracie répond avant moi, avec un sourire chaleureux et amical :

— Si vous me suivez en ligne, vous savez que c'est mon secret le mieux gardé. Mais je reconnais que j'apprécie beaucoup cet hôtel.

— Accepteriez-vous que je vous demande un autographe ? Je sais que je ne devrais pas, mais...

Il laisse sa phrase en suspens et hausse les épaules.

— Bien sûr.

Elle fouille dans son sac à main et en sort des cartes mates, blanches d'un côté avec, de l'autre, une photo d'elle en robe rétro similaire à celle qu'elle portait l'autre soir.

— Je m'appelle Joseph. Joe.

— Enchantée de faire votre connaissance.

Elle signe et lui offre un grand sourire en repoussant sa chaise.

— Passez une bonne journée !

Son sourire est rayonnant lorsque nous partons en nous frayant un chemin dans la foule. Elle attire de nombreux regards de la part des hommes, dont certains sont pourtant assis avec leur femme. D'autres même avec leurs enfants. Quand nous débouchons dans le hall d'entrée, de l'autre côté du restaurant, et nous dirigeons vers le voiturier, j'ai le cœur serré et les sourcils froncés.

— Qu'y a-t-il ?

Comme je n'en sais trop rien, je chasse cette idée.

— Nous sommes en retard. Ça m'ennuie que tu ne puisses même pas profiter d'un repas en paix.

Elle me regarde, perplexe.

— Ça fait partie du métier. Comme je ne suis pas très présente en ligne, j'estime que le moins que je puisse faire c'est d'être gentille avec les fans que je croise en public.

J'admets qu'elle a raison, d'autant plus que mon pincement au cœur réveille le fantôme de Vivien.

Quand ses étudiants se pâmaient sur son passage.
Quand elle m'assurait que ce n'était rien de grave.

Alors que c'était grave. Il s'avère que c'était très grave.

L'arrivée du voiturier avec mon Grand Cherokee m'empêche de sombrer dans le trou du lapin. Dès que nous sommes en route, Gracie se tourne vers moi. À son immense sourire, je devine qu'elle n'a pas remarqué mon humeur ou qu'elle l'a entièrement pardonnée.

— Es-tu toujours aussi joyeuse ? demandé-je d'un air taquin.

— Pourquoi pas ? Mieux vaut traverser la vie en souriant plutôt qu'en ronchonnant.

— Je suis tout à fait d'accord.

— Tu veux bien me dire où nous allons ?

J'ai refusé de lui dire quel serait notre premier arrêt et ma décision n'a pas changé.

— Je crois que tu vas bientôt t'en douter.

Elle se renfrogne, mais le sourire reste pétillant dans ses yeux. Dès que nous traversons le fleuve, elle commence à réfléchir. Le Long Center. Les Jardins Botaniques. Barton Springs. Le Zachary Scott Theater.

— Au golf miniature de Peter Pan, dit-elle enfin.

Je secoue la tête. Non, ce n'est pas là.

Lorsque nous arrivons dans le dédale de rues qui

composent le quartier de Travis Heights, au charme désuet et pourtant très huppé, avec ses maisons joliment restaurées, elle se carre dans son siège et secoue la tête.

— Sérieusement ?

— Quoi ?

— Tu m'emmènes *chez moi* ? Je suis censée m'y réinstaller ? Je dois quitter l'hôtel ?

— Pas encore. Je veux d'abord te montrer quelque chose.

— Quoi ?

— Attends un peu.

Elle se laisse aller contre le dossier. Manifestement, elle n'aime pas attendre. Elle se redresse avec un intérêt tout particulier lorsque nous nous garons devant son adorable pavillon des années 1920. Parmi les plus petites maisons de ce quartier historique et populaire, elle compte deux chambres et elle a été intégralement rénovée avant son achat. Je le sais, parce que Connor a vérifié les documents de la propriété avant que nous nous lancions dans notre petit projet-surprise.

Maintenant, Gracie regarde l'armada de camions garés devant la maison et les membres de l'équipe technique qui vont et viennent sur la pelouse et sur son toit, vêtus de t-shirts au logo de Blackwell-Lyon.

— Je ne comprends pas, dit-elle. Qui est-ce ?

— Ils installent ton système de sécurité. Haut de gamme. Tous les coups sont permis.

— Euh... *Waouh !* Je ne vous ai pas engagés pour ça. Et je ne peux pas me le permettre. Je suis peut-être mannequin, mais je ne suis pas connue internationalement.

— Je t'ai vue avec ce serveur, tu peux devenir un grand nom si tu veux.

Elle lève les yeux au ciel.

— Et rester chez toi te coûtera toujours moins cher que le Driskill. Un grand hôtel, mais pas franchement bon marché.

— Cecilia a un accord commercial avec eux. J'obtiens un bon prix.

— Fais-moi confiance. Notre prix est meilleur.

— À savoir ?

Je pousse ma portière et commence à sortir de la voiture.

— Gratuit.

Étant donné qu'elle est toujours assise sur le siège du côté passager quelques instants plus tard, visiblement sous le choc, je contourne le capot et lui ouvre la portière, puis je lui tends la main afin de l'aider à descendre.

— Gratuit ? demande-t-elle, alors que nous remontons son allée en direction de la porte d'entrée. Tu m'offres un système d'alarme ?

— Certainement pas. C'est un système de sécurité, pas un système d'alarme.

— Mais...

— Et c'est un prototype. Tu le reçois gratuitement parce que tu nous aides à tester les mises à jour.

— Un prototype ? Mais ça fonctionne, n'est-ce pas ?

— Oh, oui. Ou du moins, ça fonctionnera une fois que l'installation sera terminée. C'est un système que nous avons conçu avec une société locale. La branche locale d'une société internationale. Nous sommes associés avec un génie des technologies qui s'appelle Noah, du bureau Stark Technologies Appliquées. En as-tu entendu parler ?

Elle acquiesce.

— Alors, tu sais que leur réputation est exemplaire. Tout comme la nôtre. Viens.

Je lui offre le tour du propriétaire, passant en revue toutes les caractéristiques, avant de consulter le responsable de notre équipe d'installateurs. Je vois bien qu'elle est impressionnée.

— Es-tu certain que je ne vous coûte rien ?

— Je te l'ai dit. Tu fais partie de notre équipe bêta. Tu nous rends un service. Ma maison aussi, dis-je. Nous testons tous les nouveaux dispositifs chez moi. C'est tellement petit que c'est facile de venir faire quelques ajustements.

— Plus petit qu'ici ?

— Je n'ai qu'une chambre, à l'extrême sud d'Austin, lui dis-je.

Devant la surprise dans ses yeux, je précise :

— Mon ex et moi, nous l'avions achetée pour la louer. Après le divorce, elle a déménagé dans l'Indiana et je ne supportais pas de rester dans la maison où nous vivions. Alors, je l'ai vendue. Je n'ai jamais pris le temps de chercher autre chose et comme il n'y avait plus de locataires, je l'ai prise. Quarante-cinq mètres carrés.

— C'est tout petit. Tu ne dois pas organiser beaucoup de fêtes.

— Pas beaucoup.

Je constate son sourire, content qu'elle ne fasse pas d'autre commentaire. Certaines femmes avec qui je suis sorti semblaient considérer que la taille de ma maison avait un rapport direct avec celle de ma queue. Mais apparemment, c'est moi que Gracie regarde, pas mes attributs.

Après avoir passé l'extérieur en revue, nous entrons dans la maison. Elle passe de pièce en pièce, bavardant avec mon équipe tandis que je vais retrouver Pierce, qui supervise l'installation.

— Ça a l'air bien, lui dis-je.

— Toi aussi, tu as l'air bien, répond-il sobrement. Gracie a l'air fraîche et dispose ce matin, elle aussi.

Je lève les yeux au ciel, regrettant d'avoir un ami aussi perspicace.

— Je n'ai pas couché avec elle.

— Pas encore, rétorque-t-il. Alors... tu veux bien éclairer ma lanterne ?

— À quoi bon ? dis-je en croisant son regard. Tu te débrouilles très bien tout seul.

Il ricane.

— Très bien. Je l'apprécie. J'approuve. Tu veux en parler ?

— Pas vraiment.

Puis j'ajoute :

— Elle me rappelle Viv.

— Sérieusement ?

— Oui, enfin...

Je laisse ma phrase en suspens et je me ressaisis avant d'aborder la scène de ce matin, avec Joe.

— Ça t'ennuie qu'elle ait des fans ?

Je commence à le nier, mais c'est la vérité. Pierce verrait clair dans mon mensonge.

— Je sais que comparaison n'est pas raison, mais je n'arrive pas à chasser de ma tête les étudiants de Viv. Ils l'adoraient. Il lui a suffi de choisir, de les cueillir sur la branche comme des fruits mûrs.

Je glisse les mains dans mes poches.

— Il n'y a pas eu que celui que j'ai surpris avec elle.

— Tu en es sûr ?

— Elle me l'a dit. Je ne sais pas si elle culpabilisait ou si elle essayait de me faire encore plus mal une fois que le divorce a été prononcé. En tout cas, c'est ce qu'elle m'a dit. Je ne voulais pas le savoir, mais ensuite, impossible de l'oublier. Je voyais constamment les hommes, les plans faciles, qu'elle invitait les uns après les autres dans notre lit.

— Je suis désolé. Je ne le savais pas. Mais au cas où tu ne l'aurais pas remarqué, Gracie n'est pas Vivien.

— Je le sais. Crois-moi.

— Tant mieux. Ne gâche pas tout, d'accord ?

Malgré moi, je ricane.

— Je vais faire de mon mieux.

Ces paroles s'attardent encore tandis que Gracie et moi remontons en voiture pour nous diriger vers le nord. Je suis ses indications jusqu'à la devanture d'une boutique, dans un centre commercial sur Mesa Drive, dans le quartier très fréquenté de Northwest Hills.

— C'est là, dit-elle en tendant le doigt vers la dernière vitrine, sur lequel un panneau annonce *Hors Réseau*. Viens, ajoute-t-elle.

Aussi rayonnante qu'une bougie, elle ouvre sa portière dès que je gare la Jeep.

Je la suis, impatient de savoir ce qui la rend aussi fébrile. Mais lorsque nous entrons, je n'obtiens pas la réponse à ma question.

C'est un endroit caverneux, comme un bâtiment dont il n'y aurait que la coquille. Dans un coin se trouvent une pile de livres et quelques poufs. Deux adolescents lèvent les yeux avant de se replonger dans leurs lectures. De l'autre côté, j'aperçois plusieurs tables rectangulaires. Sur l'une d'elles, la boîte d'un jeu de Risk est ouverte, et sur l'autre, un puzzle à moitié complété. Au fond, je découvre des tables à tréteaux et ce qui ressemble au laboratoire de fortune d'un chimiste. De l'autre côté se trouvent une machine à coudre et une cuisine qui doit dater des années cinquante.

— Je donne ma langue au chat. Où sommes-nous et pourquoi sommes-nous ici ?

— C'est l'apocalypse des zombies ! me dit-elle sans vraiment répondre à ma question. Viens, ajoute-t-elle. Tout le monde est derrière.

Elle se tourne vers les adolescents installés sur les poufs.

— Laura, Craig. Vous venez ?

— Encore un chapitre, dit Laura tandis que Craig grommelle.

— Hmm, hmm, fait Gracie sur un ton dubitatif. Je ne peux pas m'en plaindre. Ces deux-là étaient accros à leurs téléphones quand ils sont arrivés. Maintenant, impossible de les décoller de leurs bouquins.

— Oh.

C'est tout ce que je trouve à dire, parce que je suis complètement déboussolé.

Une porte teintée s'ouvre au fond de la salle, illuminant l'intérieur miteux. Un homme de grande taille fait son apparition, visiblement stressé.

— Te voilà, ma belle, lance-t-il en l'attirant dans ses bras.

Aussitôt, la jalousie me saisit. Je n'en suis pas fier, mais c'est plus fort que moi.

— Nous allons justement commencer.

— Génial, Frank. Je te présente Cayden. Je voulais lui montrer ce que nous faisons.

— Eh bien, venez, me dit Frank. Je crois que vous serez impressionné.

Quand il passe un bras autour de la taille de Gracie, ma jalousie remonte en flèche. Du moins jusqu'à ce que nous ressortions en plein jour. Un homme aux cheveux roux s'approche et embrasse Frank avant d'enlacer Gracie.

— Anson, voici Cayden. Cayden, Anson est le petit ami de Frank. Ils se marient le mois prochain.

— Félicitations, dis-je en prenant la main de Gracie, même si mon esprit de compétition vient de s'éteindre comme un pétard mouillé.

De l'autre côté du parking, j'aperçois un endroit où l'asphalte a été retiré, remplacé par une sorte de jardin communautaire. Non loin de là, une dizaine de gamins sont regroupés, avec des boussoles à la main. Il me semble que ce sont des collégiens. L'une des filles lève la main et appelle Gracie.

— Ça fait *des plombes* qu'on attend, s'écrie-t-elle, même si Gracie m'assure que nous sommes arrivés à l'heure.

— Ils sont impatients, c'est tout, dit-elle en pressant le pas dans leur direction.

— Impatients de quoi ? demandé-je à Frank.

— Elle ne vous l'a pas dit ?

Je secoue la tête et il lève les yeux au ciel.

— Elle s'enflamme quand elle est ici. Je parie que dans sa tête, elle a déjà réfléchi à tout.

— Sentez-vous libre de me faire un topo. Je suis un peu perdu.

— Cet endroit, c'est l'idée de Gracie, dit-il. L'ironie, c'est qu'elle et moi, nous nous sommes rencontrés en ligne. Je suis photographe et je suivais une femme qui prenait des photos de Gracie.

— En quoi est-ce ironique ?

— Ici, c'est une zone où internet est interdit.

Gracie en avait assez d'avoir l'impression de passer toute la journée sur les réseaux sociaux, à disposition de tous ceux qui lui envoyaient des emails ou des textos en exigeant qu'elle y réponde. Je crois qu'elle était un peu harcelée aussi, même si elle n'en parle pas beaucoup. Certains de ses abonnés sont de vrais porcs par moments.

— J'ai remarqué.

— Eh bien, un jour elle lisait un livre, une romance sur fond de voyage dans le temps, et elle s'est dit qu'elle serait bien mal en point si elle devait être renvoyée à l'époque des Highlands écossais.

Je ne peux m'empêcher de rire.

— Elle marque un point.

— Oui. Il faut toujours être prêt, n'est-ce pas ?

Il hoche la tête comme pour confirmer la sagesse de sa remarque.

— Et puis, elle regardait aussi *The Walking Dead*.

— L'apocalypse des zombies, dis-je. Je comprends maintenant.

— Elle et moi, nous avons commencé à discuter. Nos grands-parents savaient mettre des légumes en conserve. Ils apprenaient des poèmes par cœur et des discours de grands orateurs. Ils savaient entretenir une conversation.

Il hausse les épaules et ajoute :

— Le plus formidable, c'est que non seulement elle a monté cet établissement à partir de rien, mais maintenant il génère du profit. Les parents aiment cette idée et les jeunes adorent les activités. Il y a une branche non lucrative aussi. Purement éducative. Ici, c'est un peu comme une garderie extrascolaire. Les parents paient un forfait mensuel et les gamins viennent passer du temps ici. Nous faisons aussi des activités le week-end, comme vous le voyez.

— Et en quoi ça consiste ? demandé-je en désignant d'un mouvement de tête l'endroit où Gracie et les enfants s'activent sur le parking.

— L'utilisation de la boussole. Nous avons caché des petits cadeaux dans le parking. Et vous pouvez voir le jardin potager. Les enfants l'entretiennent et ils font leurs propres conserves.

— Ça existe depuis combien de temps ?

— Bientôt un an, maintenant. Je me suis impliqué dès le début, alors je me sens un peu propriétaire, mais c'est le bébé de Gracie. Elle passe beaucoup de temps ici, sauf quand elle a une séance photo. Ces derniers temps, elle vient moins souvent, ajoute-t-il en fronçant les sourcils.

— Vous êtes au courant.

Il plisse les yeux.

— Et vous ?

Je lui tends ma carte.

— Je suis dans la sécurité. Je ne la quitte pas tant que nous n'aurons pas attrapé le type qui la harcèle.

— Eh bien, dépêchez-vous, me dit-il. Nous aimerions tous la retrouver.

CHAPITRE DOUZE

— DIFFICILE DE SURVIVRE à une apocalypse zombie sans aptitudes au combat, dis-je en jetant un œil vers Gracie, en sortant de MoPac – l'autoroute nord/sud la plus à l'ouest qui traverse Austin.

Nous sommes presque arrivés au Driskill et j'ai passé tout le trajet à penser à Hors Réseau.

Elle remue sur son siège.

— Oh, ça oui. Les zombies savent se battre.

— Ces jeunes sont sympas. Je n'aimerais pas qu'on leur dévore la cervelle. La tienne non plus, d'ailleurs.

— Je suis bien d'accord. Je ne tiens absolument pas à ce que ma cervelle serve de déjeuner à quelqu'un.

— Je devrais prendre le temps de passer

régulièrement, lui dis-je. Proposer un programme d'entraînement. T'aider un peu.

Je lui souris.

— Dans l'intérêt de sauver la race humaine dans un monde post-apocalyptique, bien sûr.

— On apporte sa contribution, Monsieur Lyon ?

— Toujours.

Elle pince les lèvres, mais se penche pour me prendre la main droite. Je conduis jusqu'à avoir besoin de récupérer ma main, et je la lâche à regret.

— Merci, dit-elle.

— Il n'y a pas de quoi. J'ai été très impressionné.

— Dans ce cas, merci encore. Ce centre éducatif, c'est mon rêve.

— Ça se voit.

Son sourire illumine la voiture.

Après notre après-midi à Hors Réseau, nous avons décidé de passer une soirée tranquille consacrée aux tâches administratives, commandant à dîner au service d'étage. Nous nous garons devant mon bureau afin que je passe chercher mon ordinateur portable et quelques dossiers, puis nous traversons la rue vers l'hôtel. Nous allons prendre l'ascenseur quand l'une des réceptionnistes reconnaît Gracie et accourt.

— J'allais justement envoyer le portier glisser ça sous votre porte, dit-elle en remettant à Gracie une enveloppe brune toute simple, avec son nom inscrit dessus.

— Qu'est-ce que c'est ? demandé-je. Une quittance de l'hôtel ?

— Non, monsieur. Quelqu'un l'a déposée à la réception pour Mademoiselle Harmon.

— Oh.

Gracie lâche l'enveloppe comme si c'était du charbon brûlant.

— Je la prends, dis-je alors que l'employée se penche pour la ramasser. Merci beaucoup de nous l'avoir remise en personne.

Elle nous adresse un sourire professionnel, plein de chaleur, avant de tourner les talons. Je prends Gracie par le coude et la guide dans l'ascenseur. Je ne dis même pas qu'il est possible que ce ne soit pas lui. Bien sûr, nous savons tous les deux ce qu'il en est.

— Veux-tu que je l'ouvre ? demandé-je une fois que nous sommes dans sa chambre.

Elle hésite, puis elle secoue la tête en faisant la grimace.

— Mon harceleur. Ma responsabilité.

J'envisage de protester, mais je sais qu'elle ne cédera pas. Au lieu de ça, je la rejoins après lui avoir donné l'enveloppe, afin de tout découvrir en même temps qu'elle.

Il s'avère que *tout* se résume à une seule chose, mais ça ne la rend pas moins efficace. Ou affreuse. Dès l'instant où Gracie sort la photo, elle prend une vive inspiration, la lâche et enfouit son visage contre mon torse.

— S'il te plaît, dit-elle. S'il te plaît.

Je comprends ce qu'elle n'ajoute pas : *S'il te plaît, trouve-le. S'il te plaît, arrête-le.*

Je baisse les yeux sur la photo qui a atterri sur la table, recto vers le haut. Nous sommes tous les deux devant Hors Réseau. Gracie est dans mes bras, mes doigts dans ses cheveux, et elle a incliné son visage pour m'embrasser. Tracé en travers, à l'encre rouge sinistre, un X géant.

Je la regarde et mon sang ne fait qu'un tour. Tout ce que je parviens à penser, c'est : *Oui, fais-moi confiance.*

————

Je commande du vin pour me détendre les nerfs et nous passons la soirée sans penser à Peterman, aux photos ni à rien d'autre. Je mets un autre film, mais Gracie le regarde à moitié, plus intéressée par son livre. Moi non plus, je ne suis pas concentré. Je suis sur mon ordinateur, où je rattrape tout un tas de projets en attente.

J'essaie de résoudre un conflit d'emplois du temps pour une prochaine mission à San Antonio quand la voix douce de Gracie m'interrompt :

— Occupé ?

— Rien qui ne puisse attendre. Qu'y a-t-il ?

Sa tête est penchée et elle a l'air un peu gênée. Je me renfrogne.

— Gracie ?

— Rien, je... La photo m'a perturbée. Mais il y avait quelque chose que je voulais te dire quand nous sommes rentrés.

— D'accord.

J'entends la méfiance dans l'intonation de ma voix.

— Je t'écoute.

— Je voulais te remercier pour aujourd'hui. Merci d'avoir installé la sécurité chez moi et de m'avoir soutenue avec Hors Réseau.

Elle lève son verre.

— D'avoir commandé du vin, aussi. Tu t'occupes très bien de moi.

— C'est mon métier.

— Rien qu'un métier ?

Je penche la tête pour mieux la dévisager.

— Tu sais que ce n'est pas juste un métier.

Elle acquiesce, enroulant une mèche de cheveux autour de son doigt.

— Alors, je me demandais. Pour hier soir...

Elle ne termine pas sa phrase, mais je garde le silence. Si elle s'oriente vers ce à quoi je pense, le seul moyen pour que ça fonctionne, c'est qu'elle y parvienne d'elle-même.

Pendant un moment, elle ne dit rien. Enfin, elle se racle la gorge.

— Je me disais que j'aimerais bien recommencer.

— Vraiment ? Et qu'est-ce que ça veut dire, au juste ?

Je vois ses joues rougir.

— D'après toi ?

Je passe mon index sur sa lèvre inférieure.

— Je crois que j'ai envie de te l'entendre dire. Je crois que j'aimerais t'entendre dire ce que ça signifie.

— Je comprends. Je... enfin, c'est moi qui ai imposé une halte.

— Et si nous avions continué ? Dis-moi ce que tu as aimé.

— J'ai aimé ta façon de m'embrasser.

Je tapote doucement sa lèvre.

— Ici ?

— Je... j'aime être embrassée ici, mais ce n'est pas ce que je voulais dire.

— Je vois.

Je m'adosse légèrement. Elle a enfilé une chemise de nuit par-dessus laquelle elle porte le peignoir de l'hôtel. Je tends la main et dénoue la ceinture, puis j'ouvre son peignoir, que je fais glisser sur ses épaules. J'aime le petit gémissement qu'elle pousse.

La nuisette est en coton souple, avec un large col élastique. À deux mains, je le baisse pour lui donner une allure de robe d'été aux épaules dénudées, avant de tirer un peu plus sur le côté afin d'exposer un sein.

Posant à nouveau mon doigt sur ses lèvres, je lui demande de le sucer. Quand je le retire, j'éprouve une envie similaire dans mon bas-ventre. Je passe mon doigt humecté autour de son téton lorsqu'elle se cambre, le souffle court.

— Là ? C'est là que tu veux être embrassée ?

— Oui. Oh, oui, je t'en prie.

Je me lève et elle me regarde en clignant des paupières, manifestement perplexe. Je tends la main vers elle.

— Viens avec moi, si tu veux que je t'embrasse de fond en comble.

Ses lèvres frémissent aux commissures et elle me prend la main. Je la hisse sur ses pieds et la conduis dans la chambre avant de désigner le lit d'un hochement de tête.

— Quitte le peignoir, lui dis-je. Et monte sur le lit.

— Uniquement le peignoir ?

— Oh, bébé.

Elle soutient mon regard tout en passant sa chemise de nuit par-dessus sa tête, la laissant rejoindre son peignoir sur le sol.

— Tu es parfaite.

Je prends une brève inspiration, admirant sa peau lisse, ses courbes délicates. Elle porte une culotte rose clair qui lui moule les hanches et quand elle monte sur le lit, je passe la main sur les formes fabuleuses de ses fesses.

— Hmm, fait-elle sur un ton provocateur. Pas tout de suite. Termine ce que tu as commencé.

Je la suis sur le lit avant d'enfourcher sa taille. Mon sexe est tendu contre le pantalon de jogging que j'ai enfilé quand nous nous sommes installés pour la soirée. Je me penche, me frottant éhontément contre son corps, et je referme la bouche sur son téton, une main sous son sein tandis que l'autre s'aventure le long de son corps avant de se poser à l'intérieur de sa cuisse.

Comme hier soir, je trouve le bord de sa culotte. Tout en la caressant par-dessus l'élastique, je détache ma bouche de son sein pour la regarder dans les yeux. Lentement, je glisse mon doigt sous la soie et le coton. En même temps, ses mains remontent sous mon t-shirt, ses ongles m'éraflent le dos.

Elle se cambre en inspirant entre ses dents

lorsque je passe le doigt sur ses grandes lèvres humides.

— Bébé, dis-je en enfonçant le doigt dans son sexe doux. C'est là que j'aimerais t'embrasser.

— Oui. Oh, oui, vas-y.

Semant des baisers le long de son corps, je me délecte du goût de sa peau. Elle se trémousse de plaisir et plonge les doigts dans mes cheveux.

Je m'aventure sous l'élastique de sa culotte, puis je la tire lorsqu'elle décolle les hanches. Avec audace, je lui écarte les cuisses. Son désir évident me rend encore plus rigide. J'ai envie de la pénétrer – de la regarder dans les yeux et de la baiser avec force, pour ralentir ensuite et lui faire l'amour toute la nuit.

Mais d'abord, je veux la goûter. Sa main dans mes cheveux me guide et je me fraie un chemin à coups de baisers, de sa hanche jusqu'à la fine ligne montrant la voie vers son sexe nu et mouillé.

Ma langue l'effleure de bas en haut, jusqu'à son clitoris. Je lui empoigne les fesses et je la soulève. Ses hanches ondulent tandis que je la dévore. Refermant ma bouche sur son clitoris, j'enfonce deux doigts en elle. Je manque jouir sur-le-champ quand son corps se contracte autour de mes doigts et que son orgasme, inattendu, déferle avec force.

— Bébé, dis-je.

Je n'en perds pas une seconde, la léchant et la

suçant jusqu'à ce que les dernières ondes de son explosion se propagent en frissons à travers son corps.

Je ralentis et l'embrasse avec ferveur, tout en lui disant à quel point j'aime son goût, à quel point j'ai envie d'être en elle.

— Oui. S'il te plaît.

Elle lève les genoux, s'ouvrant à moi. Je m'en veux de ne pas avoir apporté de préservatif dans sa chambre. Je m'empresse d'aller en chercher un dans mon portefeuille, puis je me déshabille et je l'enfile.

— Comme ça ? dis-je en m'agenouillant entre ses jambes, qu'elle a ouvertes pour m'accueillir. Ou préfères-tu être dessus ?

— À toi de me le dire.

— Comme ça, réponds-je.

En cet instant, elle m'appartient, étendue comme un festin rien que pour moi.

Je me penche en avant, me baissant pour l'embrasser, et elle m'agrippe les fesses afin de m'inviter en elle. J'attends pendant un instant, mon sexe à l'entrée du sien.

— Dis-moi que tu en as envie, lui dis-je.

— J'ai envie de toi. Je t'en prie, Cayden. Je veux te sentir en moi. S'il te plaît, prends-moi.

Comme c'est exactement ce dont j'ai envie, moi aussi, je m'enfonce au plus profond, dans son écrin chaud, humide et étroit. Nous bougeons comme un seul corps. Le sommier grince et la tête de lit heurte le mur. Je suis convaincu que l'on peut nous entendre dans la chambre voisine, mais je m'en fiche. J'ai même envie qu'ils nous entendent. Je veux faire crier Gracie. Je veux la posséder. Je veux la faire mienne.

Je veux jouir avec elle.

Lorsqu'elle tremble sous mon corps, lorsque je vole en éclats, la seule chose à laquelle je pense, c'est qu'elle m'a donné précisément ce que je voulais... et tout ce dont j'avais besoin.

————

Nous nous blottissons ensemble, parfaitement comblés, ma main sur son sein et mon visage dans ses cheveux.

Tellement comblés, à vrai dire, que je me demande pourquoi je dis alors :

— Je l'ai surprise au lit avec un autre homme. Ma femme. Tu m'as demandé hier soir pourquoi j'étais si prompt à te considérer comme une femme infidèle au lieu de considérer Peterman comme un harceleur. Voilà pourquoi.

— Je suis désolée.

— Elle était professeur à l'université. Je rentrais

de l'étranger. J'étais chez moi, en permission. Je me disais que tout allait bien. Un jour, je suis sorti et je suis rentré plus tôt. Je les ai trouvés tous les deux au lit. Plus tard, j'ai appris que ce n'était pas un cas unique.

— C'est affreux, dit-elle. Mais merci de me l'avoir dit.

— Ça m'a complètement bousillé, dis-je sur le ton de l'aveu. J'ai pensé que tu devrais le savoir.

Elle se pelotonne contre moi et je la serre un peu plus fort. Je commence à peine à dériver lorsqu'elle ajoute :

— Cayden ?

— Hmm ?

— Ta femme. C'était une imbécile.

Je souris contre son épaule et je m'endors en l'étreignant.

CHAPITRE TREIZE

HEUREUSEMENT, l'emploi du temps de Gracie est léger. Elle a une sorte de spectacle vendredi soir dans une boutique de South Congress, mais à part cela, elle travaille à Hors Réseau.

Étant donné que mon calendrier n'est pas très rempli non plus – je l'ai dégagé quand Gracie est arrivée sur mon chemin –, nous partageons notre temps entre Blackwell-Lyon au centre-ville et Hors Réseau, au nord.

Mercredi, je maudis la circulation encore plus que d'habitude tandis que nous revenons à l'hôtel, au sud.

— Je te proposerais bien de séjourner chez moi, dit Gracie, mais ce n'est pas encore prêt. En plus, c'est encore plus loin de Hors Réseau que l'hôtel.

— Et ma maison est au fin fond de l'enfer, dis-je,

résistant à l'envie de klaxonner contre l'abruti devant moi qui roule à soixante dans une zone à cent dix. Tout va bien. J'aime les bouchons. C'est là que je suis le plus heureux.

— Menteur, dit-elle avant de mettre un CD de Lyle Lovett.

Nous écoutons pendant un moment, puis elle baisse le volume pour demander :

— Qu'allons-nous faire ?

Je n'ai pas à lui demander ce qu'elle veut dire. Même si nous passons de bons moments l'un avec l'autre, nos métiers respectifs exigent une bonne part de notre attention. Plus important encore, Gracie doit se sentir en sécurité.

Ce qui signifie que je dois pincer Peterman.

— J'y travaille, dis-je. C'est promis.

— Je sais. Disons que...

Elle s'attarde un moment en regardant par la vitre.

— Je n'aime pas savoir qu'il m'observe.

— Je le sais, bébé.

Ce mot tendre la fait sourire et je lui prends la main.

— Quelque chose sur les caméras ?

— Non.

Quand nous avons reçu la photo de nous deux devant Hors Réseau, j'ai fait installer des caméras de surveillance pour couvrir tout le parking, la ruelle et la façade. Mais jusqu'à présent, aucun signe de Peterman. Sans doute a-t-il assisté à l'installation. Il aura choisi de garder ses distances.

— Si nous pouvions être certains qu'il est présent quelque part à un moment donné...

— Le défilé de vendredi ?

— Nous travaillons sur cette supposition, mais j'ai le pressentiment qu'il ne viendra pas.

C'est un défilé de mode qui a fait l'objet d'une publicité auprès des clients et des fans des mannequins participants. Bien que la perspective de se perdre dans une foule puisse séduire Peterman, je crois qu'il préférera garder ses distances, car de nombreuses personnes impliquent de nombreuses variables. Il s'est peut-être emballé, mais il n'est pas stupide.

J'ai toujours espoir que nous rencontrerons Peterman par hasard, au détour d'une rue. Je pourrais l'entraîner dans une ruelle et le laisser pourrir dans une benne à ordures. Bien sûr, ça n'arrive jamais. Au lieu de ça, nous consacrons la semaine à nos diverses occupations, prenant le temps de faire du shopping, de faire l'amour, de boire un verre, de faire l'amour, de voir nos amis avant de refaire l'amour.

En dépit de la menace perpétuelle, je ne peux vraiment pas m'en plaindre.

Mercredi soir, nous dînons chez Pierce et Jezebel, à une table en pierre dans le beau jardin entretenu par Jez.

— Elle est magnifique, me dit Jez dans la cuisine, où je remplis un seau de glaçons. C'est sérieux entre vous ?

— Oh, tu sais. C'est encore indécis.

Les mots ont franchi mes lèvres sans crier gare, hachés et étranges. J'ai envie de me gifler. Ce devrait être sérieux. En fait, c'est sans doute sérieux. Gracie est merveilleuse, intelligente, drôle, belle, et nous partageons une vraie connexion. Comme Mona et Ted. Je le sens, j'en suis persuadé.

Et pourtant, je suis incapable de dire oui. J'ai envie que ce soit sérieux, mais je n'arrive pas à l'admettre.

Je veux Gracie, mais je ne parviens pas à avouer que j'ai envie de m'engager. Et si je me brûlais les ailes ? Si je souffrais à nouveau ?

Je détourne mon regard de Jez, qui me dévisage ouvertement.

— C'est difficile d'être avec une personne sous les projecteurs, dit-elle.

Même si Jez n'est pas célèbre, c'est le cas de sa petite sœur, Delilah.

— Gracie est très accessible, dis-je.

C'est à la fois vrai et entièrement hors de propos. Jez soupire.

— Eh bien, si tu as besoin de parler...

Je suis sauvé par Kerrie qui fait irruption dans la cuisine, suivie par Gracie.

— Instagram, déclare Kerrie. Voilà la réponse.

Je fronce les sourcils et les regarde toutes les deux avant de me tourner vers Jez, qui hausse les épaules.

— D'accord, dis-je au moment où Connor et Pierce nous rejoignent dans la cuisine à présent exiguë. Quelle est la question ?

— Comment il l'a trouvée et comment nous allons le pincer.

Kerrie passe son bras sur l'épaule de Gracie et l'attire à elle.

— Nous sommes brillantes.

— C'est indéniable, dis-je. Pourquoi ?

— Pierce a pris une photo de Jez, Kerrie et moi, plus tôt dans la soirée. Et je disais à Kerrie que si je n'étais pas aussi secrète, je la posterais sur Instagram.

— Mais elle est secrète, dit Kerrie. Parce que... tu comprends.

Elle me passe le téléphone de Gracie et je consulte tous les commentaires que les photos postées ces derniers mois ont suscités. Beaucoup de remarques positives de la part des femmes. Des avis gentils et mesurés de la part de quelques hommes. Certains lui proposent des rendez-vous ou une conversation en ligne. Enfin, de nombreux messages glauques et suggestifs qui tombent sous le coup de l'interdiction aux moins de dix-sept ans.

Une fois de plus, j'ai la boule au ventre. L'idée que ces hommes soient là, à la regarder, à la *désirer*.

Je jette un œil vers elle et constate qu'elle me regarde d'un air interrogateur. Je parviens à sourire, me secouant de ma torpeur, lorsque Kerrie enchaîne :

— Ensuite, on s'est mis à discuter des autres mannequins qui sont rarement aussi discrètes. Et nous avons fouiné pour voir qui avait posté quoi et qui avait identifié Gracie, et...

— Sheila, dit Gracie. Mes amis proches savent qu'il ne faut pas me mentionner, mais je ne la connais pas très bien. Elle est gentille, même si nous ne parlons pas beaucoup.

J'ai la tête en vrac, mais j'écoute toujours en supposant qu'elles veulent en venir quelque part.

— C'est *elle* qui a parlé de la séance photo au studio de Cecilia, dit Gracie. C'est comme ça que Peterman a pu te dire de me retrouver là-bas.

— Et nous savons tous que cet homme est complètement timbré, n'est-ce pas ? dit Kerrie, soulignant l'évidence. Enfin, il vit vraiment dans un monde de fantasmes.

— Kerrie...

La voix de Connor est grave et assurée, son regard braqué sur Gracie.

— Viens-en au fait.

— Désolée, dit-elle.

Naturellement, elle a raison. Et le fait qu'il ait basculé dans cette non-réalité le rend encore plus dangereux.

— Allez, lui dis-je. Tu penses à quelque chose.

— Elle a aussi mentionné que j'étais au Driskill. Un post anodin du genre *mon amie séjourne dans mon hôtel préféré*. Mais il le savait aussi. Il t'a dit où je me terrais.

— Elle a posté quelque chose sur le défilé de vendredi soir à la boutique ? dis-je en tentant de deviner, mais Gracie secoue la tête.

— Pas un mot. Elle ne participe pas au défilé. Alors, je parie qu'il ne sera pas là. Je n'ai pas prévenu mes fans. Pas avec tout ce qui se passe en ce moment.

— Nous ne pouvons pas y compter, dit Pierce. Rien ne change pour vendredi. La sécurité est au point et ça doit rester comme ça.

— Bien sûr, dit Gracie, mais samedi ?

Kerrie et elle affichent toutes les deux un

immense sourire et je comprends qu'elles ont un plan.

— Qu'y a-t-il samedi ?

— Nos fiançailles, évidemment ! dit-elle en battant des cils, tandis que Kerrie éclate de rire.

Pendant une seconde, je suis confus. Puis un éclair me frappe et mon regard alterne entre les deux femmes.

— Vous avez raison, dis-je. Vous êtes brillantes.

— Eh bien, pas moi, intervient Jez. Des explications, peut-être ?

— Elles suggèrent que nous poussions Sheila à poster quelque chose au sujet de Gracie. Elle sera tout excitée par la petite fête de fiançailles et le coup de foudre de son amie. Peterman, ou plutôt Daniel, le verra. Il débarquera et nous le pincerons.

— C'est risqué, avance Jez en nous regardant les uns après les autres. Mais c'est aussi une idée incroyable.

— C'est vrai, dis-je en prenant la main de Gracie. Je te protégerai. Je te le promets.

———

La boutique s'appelle Délice. Étant donné qu'il y a une distillerie qui sert du whisky gratuit, j'estime qu'elle est fort bien nommée. Une équipe de dix personnes de chez Blackwell-Lyon travaille au spectacle, dont cinq femmes. Trois d'entre elles se font passer pour des vendeuses, tandis que les deux autres sont au fond du magasin, dans une salle qui sert de vestiaire de fortune pour les produits que les filles présenteront.

C'est un établissement relativement spacieux et les étagères ont été réagencées afin de créer un espace suffisant en guise de podium. Quand le défilé commence, j'ai un siège au premier rang. Gracie et une demi-douzaine d'autres femmes de différents gabarits présentent toutes sortes d'articles, depuis les tenues de ville jusqu'aux sous-vêtements, devant un public largement féminin.

La gérante a eu la prévenance de nous laisser installer des caméras temporaires. Chaque fois que Gracie n'est pas sur le podium, je regarde mon écran, vérifiant constamment les vidéos. Jusqu'à présent, aucun signe de notre homme. C'était à prévoir, mais c'est dommage. J'ai envie de l'attraper. Et je ne veux pas que le dernier espoir soit cette fête de fiançailles factice demain.

Pas le tout dernier. Le dernier en date. *Notre dernier espoir en date.*

Quoi qu'il arrive, je tiens à ce que Gracie soit en sécurité et qu'elle le reste.

Le défilé se termine par les sous-vêtements.

Maintenant, Gracie et les autres se mêlent à la foule où le whisky circule. Elles portent de la lingerie Smart Vixen, la marque phare de la boutique, qui sponsorise l'événement.

Je reste en retrait et j'observe. Mon cœur se serre à nouveau chaque fois que des dizaines de clones de Joe le serveur se pressent autour d'elle. Je détaille chaque visage à la recherche de Peterman, éventuellement déguisé. Mais je ne vois pas son harceleur. Tout ce que je vois, ce sont des hommes fascinés par elle. Fous de désir.

Des hommes qui la convoitent.

Très franchement, je redoute cette admiration.

— Tu as l'air jaloux.

La voix familière de Kerrie se fait entendre derrière moi et je me tourne pour la découvrir avec Pierce.

— Aucun signe de notre gars ? demandé-je sans relever la remarque de Kerrie.

— Aucun, dit Pierce. Je crois que notre théorie est fondée. Il la suit grâce aux messages postés par Sheila sur les réseaux sociaux.

— Au moins, nous en avons le cœur net.

— Nous le pincerons demain, dit Kerrie avec assurance tandis que Gracie nous rejoint.

— Rien ? demande-t-elle.

Nous secouons la tête.

— Tu as été formidable, lui dit Kerrie. Sur scène et dans la salle, la façon dont tu as réagi avec ces types.

— Pourquoi faut-il que tu réagisses ? demandé-je.

Les deux femmes se tournent vers moi, tout aussi déconcertées l'une que l'autre.

— Ce sont ses fans, dit Kerrie.

— S'ils sont là, c'est en partie pour moi, ajoute Gracie.

— Ça ne te dérange pas ? Tu n'interagis pas en ligne. Pourquoi le faire maintenant ?

Kerrie me regarde de haut en s'exclamant :

— Mais quelle mouche t'a piqué ?

Gracie ignore sa remarque, mais elle ne m'ignore pas. Elle me répond d'un ton posé, délibérément raisonnable. Comme si elle s'adressait à un enfant.

— Je ne participe pas sur les réseaux sociaux parce que j'ai pris la décision de ne pas le faire. Mais j'ai encore des fans et ces hommes ne sont pas Peterman. Certes, ils sont ici pour la lingerie, mais peut-être aiment-ils le chic et l'élégance. Peut-être veulent-ils s'évader de leurs vies ordinaires. Ils ne me dérangent pas. Tous les hommes ici étaient très polis, tout comme ce serveur qui t'a tellement perturbé.

Je fais la grimace. Je ne pensais pas qu'elle s'en était rendu compte.

— Et puis, ajoute-t-elle, je ne vais pas me couper

de ma vie parce que Peterman a une obsession. Si on fait ça, il aura gagné.

Je me frotte les tempes en essayant d'apaiser la mauvaise humeur que je sens monter.

— Tu as raison. Excuse-moi. Je ne comprends pas, c'est tout. Pourquoi la boutique les accepte-t-elle ici ? Ils ne vont pas acheter de vêtements.

— Peut-être, dit Pierce. Je pensais acheter pour Jezebel le premier modèle que Gracie a présenté.

— Et la gérante touche un pourcentage sur la distillerie. Je parie que certains de ces hommes vont acheter une bouteille ou deux.

— C'est vrai. Tu as raison.

Kerrie plisse les yeux, mais je n'en fais pas cas. Je sais que je suis sur la défensive, irritable. Je n'ai pas besoin de son regard perçant pour me le rappeler.

— Je t'ai vue parler à Cecilia, lui dis-je pour changer de sujet.

— Oui, je ne savais pas que les femmes étaient toutes ses mannequins. Elle m'a dit que si je voulais m'y essayer, je pouvais la contacter.

— Vraiment ? fait Gracie en souriant. C'est génial.

— Peut-être. Je ne pensais pas que ça me plairait, mais il est possible que je me trompe.

Je réprime un sourire. Je ne peux m'empêcher de me demander comment Connor réagirait. Il dit qu'il n'y a plus rien entre eux, mais accepterait-il de s'asseoir ici comme moi et de la regarder parader en sous-vêtements devant d'autres hommes ?

— Je vais me changer et nous pourrons partir, me dit Gracie, interrompant mes pensées.

— D'accord.

Je lui emboîte le pas lorsqu'elle s'éloigne vers l'arrière-salle. C'est très long, car la plupart de ses fans sont encore là. Tous les deux pas, elle doit s'arrêter pour signer un autographe ou entendre tel ou tel homme lui dire qu'il la suit de près et qu'il a sa photo en fond d'écran. Aucun ne va jusqu'à lui dire qu'il se masturbe devant sa photo, mais je sais que c'est sous-entendu.

Gracie, naturellement, est adorable avec chacun d'entre eux. Elle sourit, bavarde et leur répond que c'est très gentil de leur part d'avoir pris le temps dans leur journée chargée pour venir assister à son défilé.

Lorsque nous atteignons enfin la porte de service, j'ai envie d'écraser mon poing dans un mur.

— Ça va ? Tu as l'air tendu.

— Un peu...

— J'ai une idée, dit-elle. Demain, une fois que tout sera terminé – que nous ayons pincé Peterman ou non – on pourrait aller passer la nuit à Fredericksburg. Rien que toi et moi, sans mélodrame.

J'ai envie de dire oui. Bon sang, j'ai envie de lui

prendre la main et de l'entraîner dans la rue. J'ai envie de sauter dans ma Jeep et de conduire jusqu'à ce que nous ne puissions plus tenir et fassions l'amour sous les étoiles.

Mais nous vivons dans le monde réel. Un monde où les femmes trompent leurs maris. Où les tentations miroitent jour et nuit. Où les maris sont jaloux.

Où les petits amis doivent avouer qu'ils ne supportent pas l'idée que d'autres hommes tripotent leurs copines, fantasment sur elles.

Et où, parfois, il faut savoir prendre ses distances.

— Je ne crois pas, dis-je à mi-voix.

Elle se raidit.

— C'est à cause d'aujourd'hui ? Des fans ? Des commentaires sur mes publications ? Ce qu'ils disent, tu ne peux rien y faire. Le grand costaud qui a combattu au Moyen-Orient est incapable de supporter que quelques hommes, ponctuellement, regardent sa copine. C'est ça ?

C'est ça. Évidemment. Mais tout ce que je dis, c'est :

— Tu mérites mieux, Gracie.

Elle me toise du regard. La colère et le chagrin étincellent dans ses yeux.

— Oui, répond-elle tout bas. C'est vrai.

CHAPITRE QUATORZE

NOUS AVONS LOUÉ le manoir Dufresne près du Capitole pour notre fausse fête de fiançailles. Nous avons eu de la chance d'obtenir à la dernière minute cette majestueuse demeure du sud. C'est un emplacement fréquent pour les mariages et les anniversaires de mariage, l'endroit idéal pour notre mise en scène. Si nous avions eu plus de temps pour chercher, j'aurais préféré un établissement plus petit afin de mieux contrôler et surveiller l'assistance.

Bien sûr, il a fallu publier l'annonce sur les réseaux sociaux, et pas uniquement par le biais de Sheila. Comme cela aurait été trop flagrant pour Gracie de faire une annonce personnelle, ce qui ne lui ressemble pas, elle s'est contentée de poster sur notre demande une photo d'elle avec une nouvelle robe sur le bras. Dans le commentaire, elle a écrit que c'était pour son « grand jour demain ».

Sheila a précisé qu'il y aurait une foule à cette fête, afin que notre harceleur psychopathe et culotté ne se gêne pas pour infiltrer les lieux.

D'ailleurs, ce ne sera pas réellement bondé et la plupart des invités sont des collègues d'autres sociétés de sécurité, des policiers en congé que Landon a conviés et autres amis triés sur le volet.

Quant à moi, j'ai même commandé un buffet à un service de traiteur. En partie parce qu'il faut que ça paraisse réaliste, mais aussi parce que je devais m'occuper. La nuit dernière, pour la première fois en plus d'une semaine, j'ai dormi seul.

Je suis resté dans ma petite maison, vide et silencieuse. Connor est resté avec Gracie. Dans l'ensemble, ce n'est pas la joie.

Bien sûr, nous sommes arrivés ensemble, présentant l'image du couple heureux, mais après quelques tours de piste, Gracie m'a donné un chaste baiser avant de déclarer tout haut qu'elle avait envie de bavarder avec ses copines. Agrippée au bras de Kerrie, elle a disparu dans la foule. Aussitôt, Pierce m'a envoyé un texto pour m'annoncer que notre homme n'était nulle part.

Maintenant, je me sers un verre de cidre en regrettant d'être en mission et de ne pas pouvoir vider quelques coupes de champagne, puis je m'apprête à sortir. Je suis intercepté par Kerrie qui m'aborde avec un visage de dix pieds de long. Je sais que je vais avoir droit à un sermon.

— Je ne suis pas d'humeur, lui dis-je avant de m'éloigner.

— Bon, très bien. J'allais juste te dire que je me suis trompée.

Je marque une pause et jette un œil par-dessus mon épaule.

— Je pensais que Connor était un abruti de m'avoir larguée, mais en fait, c'est toi.

— Merci. J'apprécie ton soutien et ta compréhension.

Une fois de plus, je me détourne.

— Oh, je comprends. Je comprends surtout que tu es un dégonflé.

Ses paroles me suivent, mais je ne me retourne pas. Au lieu de ça, je continue de marcher jusqu'à atteindre la terrasse dallée. Je suis en mission, mais je prends soin de détailler chaque visage, de scruter chaque paire d'yeux. Je le reconnaîtrais en le voyant, mais il n'est pas encore là.

C'est alors que je la vois.

Gracie.

Peut-être est-ce une erreur. Je ferais mieux d'attendre que nos blessures aient guéri pour ne pas risquer une scène, mais c'est plus fort que moi. Je dois aller lui parler. Je dois trouver son pardon – ou du moins, sa compréhension – dans ses beaux yeux bleus.

Elle discute avec l'une de ses amies, mannequin comme elle. Je m'avance en demandant à la jeune femme de bien vouloir me laisser ma fiancée pendant un moment.

— Il est là ? demande-t-elle une fois que je l'ai conduite dans une pièce interdite au public – étant donné les circonstances, je n'ai aucune autre raison de la prendre à part. Tu as vu Peterman ?

— Je voulais te parler.

Je vois son corps s'affaisser malgré la façade assurée qu'elle affiche.

— Non, dit-elle. S'il te plaît, Cayden. Non.

Je devrais reculer, mais je ne veux pas laisser passer ma chance. Au fond, je ne sais même pas si je cherche une chance de réparer les choses ou de lui faire comprendre mes sentiments.

Je sais surtout que j'ai envie de lui présenter mes excuses, de me racheter. Seulement, je ne sais pas comment faire.

— Je ne voulais pas te blesser.

Elle éclate de rire, un vilain son qui m'arrache une grimace.

— Croyais-tu que je serais contente ?

— Non, bien sûr que non. Je...

— De toute façon, il ne s'agit plus de moi. Ou plutôt, si. Parce que tu es jaloux, et moi, je me retrouve en plein milieu.

— C'est vrai.

Cet aveu me soulage plus qu'il ne le devrait.

— Je suis jaloux de tous ces hommes qui te désirent.

— Pourquoi ? demande-t-elle. Dis-moi pourquoi ça compte à tes yeux. Pourquoi ?

Ces mots restent en suspens entre nous et j'aperçois la réponse. Elle m'apparaît, aussi claire qu'il y a des années. Ma femme avec un autre homme. Un homme qui l'admirait. Qui la désirait. Désir qu'elle voulait, elle aussi.

Gracie secoue tristement la tête. Je sais qu'elle a compris depuis le début ce que je ne vois que maintenant.

— C'était peut-être ce qu'elle voulait, mais pas moi. Ces hommes qui me regardent ? Qui me désirent ? Je m'en fiche. Tu ne comprends pas, Cayden ? Je ne veux que toi, mais je refuse que tu me considères comme ça. Ce n'est pas de l'amour, ce n'est pas de la confiance si tu attends sur la corde raide. Et moi...

Sa voix se brise.

— ... Je ne peux pas vivre comme ça.

J'ai envie de protester. De lui dire que ce n'est pas ce que je ressens.

Le problème, c'est qu'elle a raison. Évidemment. Je me fiche de ce que font ces hommes.

Tout ce qui m'importe, c'est elle.

Tout ce que je crains, c'est d'avoir à nouveau le cœur brisé.

Je fais un pas vers elle en cherchant mes mots, mais nous sommes interrompus par Jez qui vient nous annoncer qu'il est l'heure de porter un toast.

Je commence à lui dire que nous arriverons bientôt, mais Gracie hoche la tête et la suit. Je n'ai plus qu'à presser le pas pour la rattraper et lui prendre la main afin que nous puissions faire notre entrée en jouant le couple heureux.

Si je n'étais pas en mission, j'aurais l'estomac noué. Au moins, au lieu de me concentrer sur Gracie et mon cœur mal en point, je peux me concentrer sur tous les visages devant moi. Pendant que la foule applaudit et que Connor demande à l'assistance de lever leurs verres pour son frère – je balaie du regard chaque personne dans la foule.

Mais je ne vois rien.

À côté de moi, Gracie sourit.

— Nous avons décidé de ne pas faire de discours afin de laisser nos amis boire tranquillement, dit-elle comme nous l'avions prévu.

Or quand elle poursuit, je me tourne vers elle, étonné.

— Mais j'aimerais dire quelques mots. Pas grand-chose. Pour commémorer ce que je ressens en ce moment.

Elle prend une inspiration et se tourne vers moi.

— Quand j'ai rencontré Cayden Lyon, je me suis dit : *Waouh*. Voilà un homme que je pourrais aimer.

Son sourire vacille et ses yeux s'embuent.

— Et voilà où nous en sommes aujourd'hui.

Elle se hisse sur la pointe des pieds pour m'embrasser si tendrement qu'on dirait presque un au revoir. Puis elle lève son verre sous les applaudissements, même si tout le monde dans la salle sait pertinemment que nos fiançailles sont bidon.

Je suis le seul à savoir que son discours était sincère. En effet, *voilà où nous en sommes aujourd'hui*.

Dès que les applaudissements retombent, nous nous mêlons à la foule. Le gâteau est servi et je perds Gracie de vue.

— Où est-elle ? demandé-je à Sheila, le mannequin qui possède le fameux compte Instagram magique ayant rendu tout cela possible.

Elle désigne vaguement l'escalier.

— Dans les vestiaires. Elle a dit que ses chaussures lui faisaient mal.

Plutôt son cœur. Même si je suis convaincu qu'elle préfère rester seule, je me dirige vers le fond et gravis les marches recouvertes d'un tapis. Dans le pire des cas, je pourrai lui dire que je suis monté lui faire savoir que l'opération a échoué. Ça fait deux heures, et toujours aucun signe de Peterman.

Au moins, nous avons mangé un excellent gâteau.

L'escalier débouche sur un palier avec trois portes. La plus éloignée est une immense salle de bain qui sert de vestiaires lors des mariages. En m'engageant dans le couloir, j'aperçois une femme frêle, robe à fleurs ample, chaussures confortables et cheveux frisés, entrer dans la salle.

Pendant un moment, je suppose qu'elle cherche simplement à utiliser les toilettes ou les lavabos. Mais il y en a au rez-de-chaussée.

Je cours avant même de savoir ce que je fais. Je suis peut-être parano, une vieille dame risque peut-être d'avoir une crise cardiaque à cause de moi, mais je ne veux pas ralentir sur cette simple supposition.

Je me jette contre la porte. Évidemment, elle est verrouillée. Mais le bois vole en éclats sous la force de l'impact et j'entre en trombe dans la salle.

Aussitôt, Peterman lève les yeux. Sa perruque rousse est de travers, sans doute Gracie l'a-t-elle déplacée.

Elle le repousse, mais elle tombe à la renverse. Au même moment, il lâche un couteau. Gracie lui échappe à quatre pattes tandis que je dégaine l'arme que j'ai gardée toute la soirée dans ma ceinture. Je vise l'ordure en pleine poitrine.

— Essaie, lui dis-je. Essaie et je t'achève.

Il reste pétrifié – un homme dangereux avec une perruque ridicule et une robe à fleurs.

— Appelle Landon, dis-je à Gracie.

Elle a déjà sorti son téléphone. Elle tremble, mais sa voix est assurée quand elle lui demande de monter.

Il arrive une minute plus tard, avec Connor et Pierce. Alors que je rengaine mon pistolet et rejoins Gracie pour m'asseoir et l'attirer contre moi, Landon emmène le fumier hors de notre vue.

J'ai l'impression que la manœuvre dure une éternité. Et en même temps, il me semble que nous venons à peine d'entrer dans cette salle de bain.

— Il est parti ? demande Gracie à Landon lorsqu'il revient dans le vestiaire.

Nous nous sommes installés sur un petit divan de velours, mais sa main n'a pas quitté la mienne, et sa peau, déjà claire en temps normal, est translucide.

— Il est menotté avec quatre de mes meilleurs

hommes, lui assure Landon. Il va subir une évaluation psychiatrique intégrale et le procureur général interviendra également. Quoi qu'il en soit, cela m'étonnerait qu'il ressorte avant très longtemps.

— Merci.

Elle me lâche pour aller le serrer dans ses bras. Lorsqu'ils se séparent, l'envie de la toucher à nouveau me démange les doigts. Mais ce moment ne vient pas tout de suite. Elle lui dit au revoir, puis elle salue Pierce et mon frère.

Tout le monde se retire, conscient que nous avons besoin de passer du temps seuls tous les deux.

— Eh bien, dit-elle enfin. Je suppose que ce sont les adieux.

Ce mot me transperce le cœur.

— Gracie, s'il te plaît. Je ne voulais pas te faire du mal. Sais-tu à quel point tu es spéciale à mes yeux ?

Je crois bien n'avoir jamais rien dit d'aussi vrai. Et d'aussi inutile. Parce que la femme debout devant moi secoue la tête. Elle ne cherche pas à nier mes propos, mais à me nier, moi.

— Ne dis pas ça, répond-elle.

Je vois les larmes briller dans ses yeux.

— Tu m'as sauvé la vie et c'est formidable. Mais n'essaie pas d'être gentil avec moi. Pas toi, Cayden. Tu m'as déjà dit pourquoi ça ne pouvait pas fonctionner. Et je t'ai dit pourquoi tu avais raison. Je ne compte pas rester les bras ballants pendant que tu t'imagines que je te fais des infidélités. Et je ne veux pas passer ma vie à entretenir ta jalousie. Je ne peux pas, et je ne le ferai pas. Je dois y aller maintenant, parce que ça me fait trop mal de penser à ce que nous avons perdu.

Je la regarde partir, le corps et l'âme au supplice. Lorsqu'elle disparaît dans l'escalier, je me dis que j'ai tout gâché en beauté. Et je ne sais absolument pas comment me rattraper.

CHAPITRE QUINZE

C'EST une sensation affreuse que d'évoluer dans un monde gris en sachant que vous en êtes le seul responsable. Pire, en sachant que même si vous êtes responsable, vous ne pouvez rien y faire. Parce que tout se résume à la confiance.

À la confiance que vous lui faites.

Elle doit savoir que vous avez enfin surmonté la jalousie sordide dans laquelle vous vous morfondiez depuis des années.

Il n'y a aucun interrupteur magique. Aucun combat à gagner.

Aucun éclat, aucune supplication.

C'est tout simplement impossible.

C'est ce que je me répète depuis les fiançailles. Je sais que c'est vrai, mais ça fait deux semaines à présent, et même si je le *sais*, je n'y *crois* pas.

Il doit y avoir un moyen. Il doit y avoir un moyen de récupérer Gracie.

— Je ne sais pas comment, me dit Connor lorsque je rassemble les troupes dans la salle de pause.

— J'aimerais bien le savoir, ajoute Pierce. Parce que tu n'es pas du tout concentré.

Je le fusille des yeux. Il a raison, mais uniquement pendant mon temps libre. D'un point de vue professionnel, je suis toujours dans la course. Ça me déchire, mais je persévère.

— Très bien, dit-il quand j'exige qu'il revienne sur ses paroles. Mais honnêtement, il faut que tu règles ton problème. Non seulement parce que tu es lamentable sans elle, mais aussi parce que vous allez tellement bien ensemble.

— Qu'en pense Jez ? demande Kerrie.

Je reporte aussitôt mon attention sur elle.

— Qu'est-ce que Jez a à voir dans cette histoire ?

— Elles ont bien accroché, m'explique Kerrie. Et d'après ce que me dit Jez, Gracie n'est pas plus guillerette que toi.

Cette nouvelle ne me réjouit pas spécialement – je ne veux pas qu'elle soit triste –, mais elle me redonne un certain espoir.

— Je l'ai appelée. Plusieurs fois. Elle ne me répond jamais.

Je ne peux plus appeler. Elle a déjà subi un harcèlement, je ne veux pas reprendre le rôle. Si elle souhaite vraiment que je disparaisse, alors je le ferai. Mais pas avant d'être certain d'avoir fait tout ce qui est en mon pouvoir pour la convaincre qu'elle se trompe.

Je retrouve Kerrie plus tard, devant l'ascenseur. Elle s'apprête à rentrer chez elle en fin de journée et je me glisse dans la cabine avec elle.

— J'ai appelé Jez, lui dis-je.

— Et ?

— Répondeur.

Elle s'approche et passe ses bras autour de moi pour m'étreindre avec tendresse.

— En quel honneur ? demandé-je lorsqu'elle recule dans son coin de l'ascenseur.

Elle hausse les épaules

— Je me suis dit que tu en aurais besoin. Écoute, appelle-la. Pas Jez. Gracie. Dis-lui que tu veux la voir dans un endroit neutre pour discuter entre adultes. Et profites-en pour lui faire savoir que tu es désolé. Peut-être même pour lui dire que tu l'aimes... Je ne sais pas, ça risquerait de lui faire peur.

— Ça te ferait peur à toi ?

— L'amour ? Terriblement, répond-elle avec un grand sourire. Ça fiche la trouille.

J'éclate de rire, mais au fond, je sais qu'elle a

raison. J'y réfléchis encore en me garant dans l'allée de ma petite maison ridicule. Une maison désormais officiellement sur le marché, car j'en ai assez de vivre dans un endroit qui n'est que temporaire. Je veux un chez-moi.

Bien sûr, j'aimerais vivre avec Gracie, mais quoi qu'il arrive, je vais déménager. Je veux suffisamment d'espace pour évoluer, fonder une famille, mener la vie que je veux au lieu de porter le deuil de celle que j'ai perdue. La vérité, c'est que je ne l'ai jamais perdue, parce que je ne l'ai jamais eue. Vivien ne m'a jamais vraiment aimé. Nous n'avons jamais éprouvé cette connexion.

Elle n'a jamais été la Mona de mon Ted.

Le souvenir de ce couple, de cette soirée, me fait sourire. J'ai toujours le sourire aux lèvres quand j'insère la clé dans la serrure. Puis j'entre dans le salon terne, en forme de boîte, et c'est là que je la vois. *Gracie*. Assise sur mon canapé.

— Salut.

— Euh, salut.

J'entre avec précaution, craignant d'étouffer par mégarde la possibilité que je découvre devant moi.

— Comment es-tu entrée ?

— Jez m'a dit que tu avais appelé. Et elle a dit que j'étais stupide. Elle m'a donné ta clé de rechange.

— Stupide ?

— Ce n'est pas le mot exact, mais le sentiment est le même.

Avec hésitation, je m'assieds sur la table basse devant elle.

— Oh, parlait-elle de… je ne sais pas, de tes compétences en calcul infinitésimal ?

— Elle parlait plutôt de mes compétences en matière de relations interpersonnelles.

— Alors, tu as dû mal comprendre. Je te garantis que c'est moi qui suis stupide dans cette histoire.

— Je vais abandonner le mannequinat, m'annonce-t-elle.

Au même moment, je lui avoue :

— Je cherchais tellement à peindre tout le monde avec le pinceau de Vivien que j'en ai oublié que la majeure partie des femmes sont des Mona.

Elle hausse les sourcils.

— C'est qui, cette Mona ?

Je lui parle du couple assis au bar, le soir de notre rencontre.

— Tu lui as demandé son prénom ?

— Je l'ai inventé. Mais l'affection, la confiance…

Je laisse ma phrase en suspens et je hausse les épaules.

— Ils partageaient une connexion. Ça se voyait. En fait, ça se sentait presque. C'est ce que Jez vit avec Pierce. Et même si je n'en parle jamais avec mon frère, je crois que Kerrie et lui partagent ça aussi.

— Oh. Je vois.

— Je n'ai jamais connu ça avec Vivien. Jamais.

Elle hoche la tête et lève les yeux vers moi.

— Tu l'avais avec moi, murmure-t-elle.

Ce mot me fait l'effet d'un couteau dans le cœur. *Avais.*

Je tombe à genoux devant elle et je prends ses mains dans les miennes.

— Je peux le récupérer ?

— Je ne veux pas te perdre, dit-elle. Mais je ne peux pas vivre comme ça. Je te l'ai dit. Alors, si pour cela je dois abandonner le mannequinat, eh bien...

— Non.

— Écoute-moi. Hors Réseau marche bien. J'ai des tas de choses à faire là-bas. De toute façon, je commençais à lever le pied sur le mannequinat.

— Non, répété-je avant de prendre son menton pour qu'elle me regarde dans les yeux. Tu ne peux pas passer ta vie sur la corde raide. Et je ne peux pas vivre en sachant que je t'ai confisqué ça. Parce que tu es douée et que ça te plaît.

— Mais si ça te rend fou... dit-elle.

J'éclate de rire.

— Ça me rendait fou, on peut le dire !

— *Rendait* ? fait-elle en haussant les sourcils.

— Est-ce qu'un jour j'apprécierai de voir les hommes reluquer ma copine ? Non, sans doute. Mais ce qui me console, c'est que tu es *ma* copine, pas la leur. Et surtout, je sais que tu t'en fiches.

Je hausse une épaule en ajoutant :

— Tu es une Mona.

— Non, dit-elle en quittant le canapé pour se lover dans mes bras. Je suis une Gracie.

— Mais la vraie question, c'est : es-tu à moi ?

— Oui, dit-elle en hochant la tête. Oui, vraiment.

Alors, même si j'ai d'autres choses à dire, je l'embrasse. Parce qu'en cet instant, je sais que nous aurons tout le temps de discuter.

Tout le temps du monde.

ÉPILOGUE

— SALUT, laura, dis-je à la fille sur le pouf lorsque j'entre à Hors Réseau.

L'adolescente agite la main sans lever les yeux de son livre. Je ricane. Je viens ici presque tous les jours depuis plus de six mois maintenant et je ne crois pas l'avoir jamais vue sans livre à la main.

— Frank, dis-je lorsque le grand gaillard se tourne vers moi.

Il est dans un coin et recâble une lampe avec l'aide de son mari.

— Gracie est là ?

Il tend le doigt vers l'arrière.

— Dans le bureau, avec la paperasse. Nous avons peut-être la possibilité de toucher une bourse, alors elle a le nez dans son bloc-note.

Je la retrouve dans la pièce du fond. Son visage fermé s'illumine quand elle lève les yeux vers moi.

— Salut, bel inconnu.

— Des ennuis ?

— Les ennuis que je me suis attirés moi-même. Tous les formulaires pour la bourse sont en ligne et comme je n'autorise pas les ordinateurs ici…

Elle soupire.

— Devine qui va rapporter à la maison une tonne de dossiers et des notes pour ce soir ?

— Frank ?

— Ah, j'aimerais bien.

— À la maison, hein ? Avec toute la circulation ?

— Tu es cruel.

Mon bien s'est vendu en moins d'un mois, et depuis nous vivons dans sa maison de Travis Heights. Elle aimerait la louer pour que nous puissions emménager plus près de Hors Réseau. Ainsi, elle pourrait faire un saut chez nous si elle a besoin d'un ordinateur. Je devrai toujours faire les trajets jusqu'au centre-ville, mais c'est un petit prix à payer.

— Je ne suis pas du tout cruel. En fait, je crois que j'ai trouvé la maison idéale.

— Vraiment ?

Elle repousse sa chaise et se lève d'un bond.

— On peut la visiter ?

J'agite les clés dans ma main.

— Je suis ami avec l'agent immobilier. Allons-y.

C'est à plus de deux kilomètres de là, mais nous n'avons même pas à prendre l'autoroute. C'est une maison composée de quatre chambres, avec deux pièces à vivre, un grand jardin et une piscine. Quand nous nous engageons dans l'allée, Gracie s'extasie :

— J'adore cet endroit. J'ai toujours adoré cet endroit.

— Je sais. Elle est sur le marché depuis la semaine dernière.

— Peut-on entrer ?

— Bien sûr.

Je la conduis à l'intérieur et elle produit le même genre de petits bruits que j'adore pendant l'amour, ce qui me donne une bonne indication de ce qu'elle pense de la maison.

— C'est spectaculaire, dit-elle.

— Attends de voir la chambre.

Un escalier flottant mène du vestibule jusqu'au premier étage divisé en deux parties. Là se trouvent la suite parentale et la salle de bain, ainsi qu'une petite chambre qui pourrait accueillir un enfant, et une bibliothèque ajourée.

Les portes de la chambre principale sont fermées, mais quand elle les ouvre, elle pousse un cri enchanté.

Je m'avance derrière elle, même si je sais déjà ce que je vais découvrir. Après tout, c'est moi qui ai organisé cette visite. Un lit king-size avec une tête de lit composée d'étagères. Il n'y a pas encore de livres, mais elles sont ornées de bougies factices dont la lumière vacillante projette dans la pièce un halo doré.

Un haut-parleur en Bluetooth diffuse du Billie Holiday. Lorsque Gracie se tourne vers moi, émerveillée, je suis à genoux et je lui présente une bague.

Elle porte sa main à sa bouche et ouvre de grands yeux.

— Gracie Harmon, dis-je. Je suis fou amoureux de toi. Me feras-tu l'honneur de devenir ma femme, la mère de mes enfants, ma meilleure amie pour toujours ?

Elle ne répond pas oui tout de suite, mais ça ne me dérange pas. Je vois bien que les larmes lui nouent la gorge. Enfin, elle acquiesce en me disant à quel point elle m'aime, tout en m'aidant à me redresser. Elle passe la bague à son doigt et referme ses bras autour de moi.

— Si tu veux la maison, dis-je en riant, nous pouvons signer lundi. Sinon...

— Je la veux, dit-elle avec empressement, d'une voix vibrante de joie. Et tu sais ce que je veux aussi ?

— Dis-moi.

Elle m'attire dans la chambre et me pousse sur le lit.

— Toi, chuchote-t-elle avant de m'enfourcher, ses doigts sur les boutons de ma chemise.

Et là, dans la maison qui sera notre foyer, je fais l'amour à celle qui occupe mon cœur et qui, très bientôt, deviendra ma femme.

———

***C'était une erreur de rester ensemble…
mais nous ne pouvions pas rester à l'écart
l'un de l'autre.***

J'ai connu un grand nombre de femmes, mais aucune
n'a touché mon cœur ni n'a embrasé mes sens comme
elle l'a fait. Son sourire m'a séduit. Ses caresses m'ont
enflammé. Son corps m'a attisé.

Pourtant, ça ne pouvait pas durer. Trop d'années
nous séparaient. Un écart que nous n'avons pas
réussi à surmonter. Alors, nous avons rompu. Non,
j'ai rompu. Et c'est une décision que je n'ai jamais
cessé de regretter.

Maintenant, elle est en danger et je ne fais confiance

à personne pour la protéger. Mais plus nous passons du temps ensemble, plus j'ai envie de la reconquérir. Une chose est sûre à présent, je dois veiller sur elle – et même si nous savons tous les deux que c'est une erreur, je trouverai le moyen de la faire mienne à nouveau.

DÉCOUVREZ DAMIEN STARK

Seule sa passion pourra la libérer…

La trilogie initiale :
Délivre-moi
Possède-moi
Aime-moi

La suite de la saga :
Retiens-moi
Protège-moi
Damien

Découvrez Damien Stark dans la série où tout a
commencé, best-seller primé dans le monde entier.

À PROPOS DE L'AUTEUR

J. Kenner (alias Julie Kenner) est une auteure de best-sellers internationaux figurant aux classements des journaux *New York Times, USA Today, Publishers Weekly* et *Wall Street Journal*. Elle a écrit plus d'une centaine de romans, de romans courts et de nouvelles dans toutes sortes de genres littéraires.

Selon *Publishers Weekly*, JK est une auteure qui a un « don pour le dialogue et la création de personnages excentriques », et le *RT Bookclub* estime qu'elle a su « répondre aux besoins du marché en créant des antihéros scandaleusement attirants et dominateurs, et des femmes qui fondent pour eux. » Six fois finaliste de la prestigieuse récompense RITA (*Romance Writers of America*), JK a remporté son premier trophée RITA en 2014 pour son roman *Claim Me* (tome 2 de sa trilogie *Stark*) et le second en 2017 pour son roman *Wicked Dirty*. Elle a vendu des millions de livres, publiés dans plus de vingt langues.

Au cours de sa précédente carrière, JK a exercé

comme avocate en Californie du Sud et au Texas.
Elle vit actuellement dans le centre du Texas, avec
son mari, ses deux filles et deux chats plutôt
lunatiques.

Visitez son site web www.juliekenner.com pour
en savoir plus et pour entrer en contact avec JK sur
les réseaux sociaux !